梟の咆哮

福田和代

集英社文庫

〈梟〉の一族とは？

かつて、歴史の陰に暗躍した忍者たち。その末裔がひそかに命脈をつなぎ、滋賀の山奥で人目を忍ぶように暮らしていた。

彼らは、由緒正しき〈梟〉の一族。その名に違わず、「片時も眠らず活動できる」という特殊な性質の持ち主だ。昼夜問わず鍛錬することができる〈梟〉は、類まれなる身体能力を活かし、時々の為政者に仕えてきた。一説によると、その歴史は、遥か戦国時代にまで遡るのだとか。

ところが、四年前。謎の襲撃者により、〈梟〉の里は壊滅状態に。独り、東京へ落ち延びた少女・史奈は、そこで里の外に住む仲間たちの存在を知る。

亡き祖母の跡を継ぎ、一族の代表となった史奈は、その使命感のもと、〈梟〉のルーツを解き明かす旅に出ることに。それは、〈梟〉たちが現代を生き延びるための道を模索する旅でもあった――。

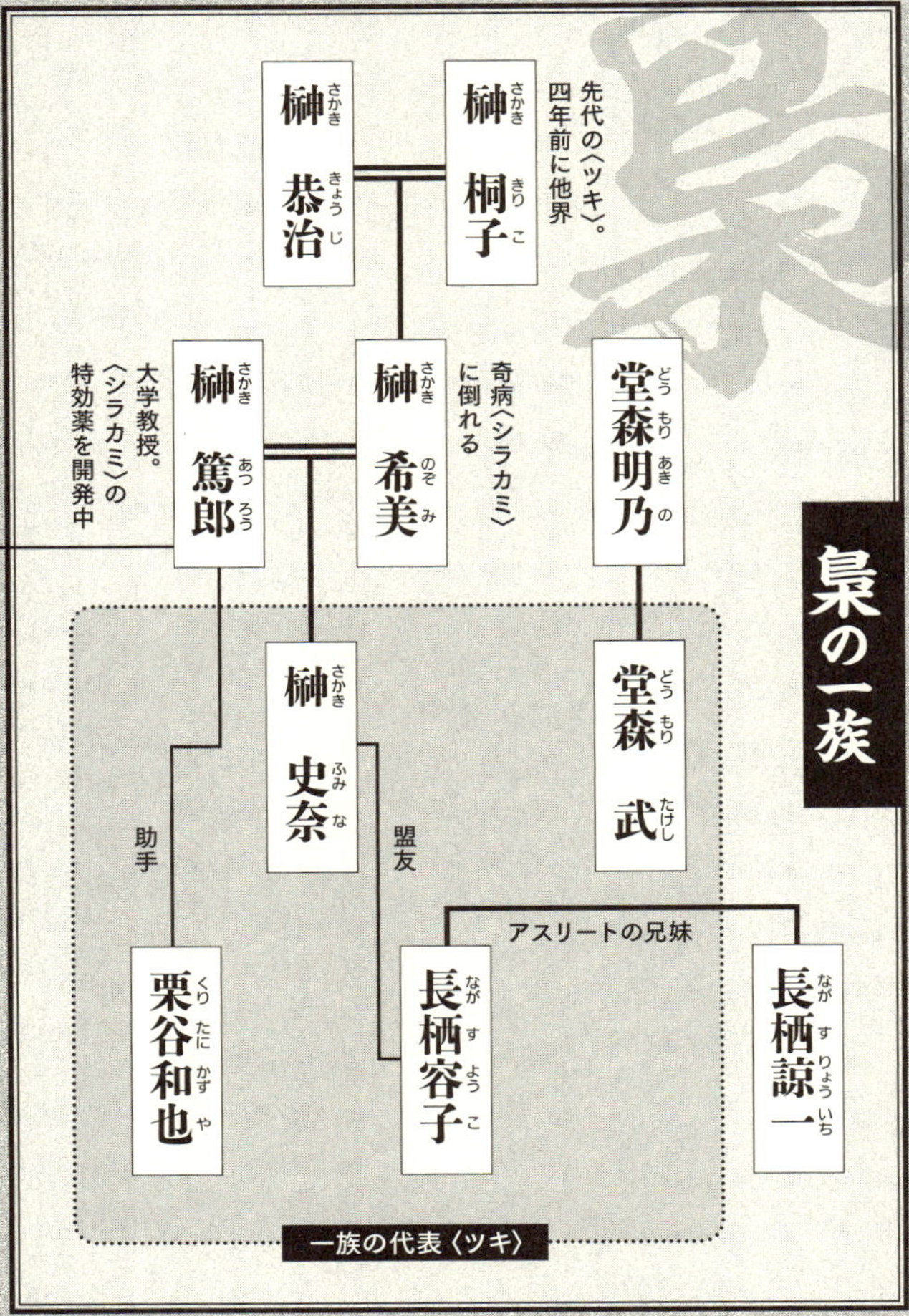
梟の一族
榊《さかき》桐《きり》子《こ》
先代の〈ツキ〉。四年前に他界
榊《さかき》恭《きょう》治《じ》
榊《さかき》希《のぞ》美《み》
奇病〈シラカミ〉に倒れる
榊《さかき》篤《あつ》郎《ろう》
大学教授。〈シラカミ〉の特効薬を開発中
堂《どう》森《もり》明《あき》乃《の》
堂《どう》森《もり》武《たけし》
榊《さかき》史《ふみ》奈《な》
盟友
助手
アスリートの兄妹
長《なが》栖《す》諒《りょう》一《いち》
長《なが》栖《す》容《よう》子《こ》
栗《くり》谷《たに》和《かず》也《や》
一族の代表〈ツキ〉

狗の一族

十條《じゅうじょう》一興《かずおき》
一族の長

十條《じゅうじょう》 彰《あきら》
助手

〈狗〉の若い衆

森山《もりやま》疾風《はやて》

杉尾《すぎお》則之《のりゆき》

丸居《まるい》健人《けんと》

篠田《しのだ》俊夫《としお》
史奈の恋人

望月《もちづき》美夏《みか》
史奈の友人

奥殿《おくどの》大地《だいち》
〈梟〉を目の敵にしている男

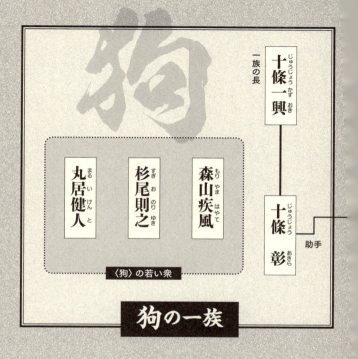

梟の咆哮

プロローグ

月明かりの下、深い霧をめざし榊《さかき》史奈《ふみな》は駆けた。

(史奈、忍びの一族は、いちばん濃い霧のなかにいる)

昔、祖母が教えてくれた。

霧は忍びの姿を隠してくれる。霧の中で、忍びは深く思索を巡らす時間を持ち、心を癒すことができる。

背後から足音が迫ってくる。四つ足の獣を思わせる、すばしこくしなやかで、荒々しい足音だ。

ハッハッと規則正しい呼吸音も、ひとつ、ふたつ――少なくとも四人分、聞こえる。

〈狗《いぬ》〉が――追ってくるのだ。

彼らは鼻で追跡する。白く煙る濃霧で道の先が見えなくても、においの痕をたどってくる。ひたひたと、がむしゃらに。

まして、丹後《たんご》の世屋《せや》高原は彼らのテリトリーだ。史奈にとっての多賀《たが》と同じで、子どものころから遊び尽くし、目をつむっても歩ける庭だ。このままでは、こちらが不利だった。

「そっち行った」

「おい則之《のりゆき》、先回りしろ！」

「おう！」

霧の中で囁《ささや》きかわす声が聞こえる。

史奈は手ごろな木を探していた。

行かねばならない場所がある。後ろの連中に捕まるわけにはいかない。

──あった、ブナの大木。

紅葉の始まった木を見上げ、飛びついて両足と腕の力で、まっすぐな幹を登っていく。このあたりはブナの自然林で有名な場所だ。水分量が多く、腐りやすいので木材としてはあまり活用されないが、粘りけがあり裂けにくいので木登りには良い木だ。低い位置の枝はきれいに払われていて足がかりが少ないが、子どものころから木に登り慣れている史奈には朝飯前だ。

「待て、上か?」

彼らが慌てている。鼻がきくので、史奈が木に登ったことはわかるが、残念ながら同じように登る技量と度胸はないのだ。

〈狗〉と〈梟《ふくろう》〉の違いはそれだ。彼らは強い。スピードがあり、体力もある。だが、技が甘い。生まれ持つ力に頼りすぎている。

「くっそ、何だよあの女」

誰かが吐き捨てた。

史奈はポケットからボールペンほどの筒を出し、筒先から覗《のぞ》く紐《ひも》を引き抜いて、追手の足元に投げた。仲間の栗谷和也《くりたにかずや》が開発した、対〈狗〉用「ニオイ爆弾」だ。紐を引き抜くと酸とアルカリが混合し、化学反応で煙と異臭を発散する。一般的なヒトの一万倍は嗅覚が鋭いとされる〈狗〉の、鼻を惑わせるものだ。

「わっ!」

「何やこれ」

案の定、悲鳴に近い声が上がる。その隙に史奈は目的の場所に向かう。高さ十メートルほどの枝から枝へ、ムササビのように飛び移り、駆けていく。

体重を支えられそうな枝が近くに見当たらないときは、離れた枝まで鉤縄《かぎなわ》を飛ばす。確実に前進する。

──追手の足音が消えた。

追手は撒《ま》いたが、喜ぶのは早い。史奈が向かう先は明らかだ。誰かが先回りしている可能性は高い。

月光に照らされる、つややかな緑の屋根が見えてきた。

緑色の瓦屋根に、ダークな色調の木の壁の家だ。小さな建物だった。衛星写真で見ても周囲の森に溶け込み、そこに建物が存在することになかなか気がつかなかった。

そして、この建物まで続く道は、草に埋もれた獣道だ。府道から林道に入り、さらに道なき道を行く。建物の存在を隠そうという、強い意志を感じる。

ここに住んでいるのは、異端の忍びだ。身体的特殊性ゆえに周囲から差別され、隠れ住むことを余儀なくされた一族──〈狗〉の棲《す》み処《か》なのだ。

史奈が、樹齢百年を超えるだろうブナの木から、次のブナの木に飛び移った時、下から殺気を感じた。

──見つかった。

予想どおり、彼らは史奈の目的を正確に読んでいる。彼女が最終的にこの建物に向かうと考え、防衛ラインを配置したのだ。

風を切る音とともに、両刃の小刀──苦無《くない》が続けざまに飛来した。みな、史奈が通り過ぎた木の幹にきれいに突き立った。こちらの速さを甘く見ている。

茂みにバイクが三台、隠されていた。林道までは車で通行可能だが、その先はバイクか徒歩でなければ行き来できない。この場所にバイクがあることは、日中に小型ドローンを使って撮影し、確かめておいた。三台あるということは、少なくとも三人の〈狗〉が近くにいるのだ。

緑屋根の家が近い。心を決める時だ。

——本当にやるの？

最後に一度、深呼吸する。

あの家に、行方不明になっている〈狗〉の十條彰《じゆうじようあきら》が監禁されている。一族の長《おさ》の葬儀に参列するため東京を離れたまま、すでに数か月、音信不通になっていた。一族の血を嫌い、〈狗〉の特徴を自分の遺伝子から消すために研究を続ける男だ。その動きが一族から疎まれたのだと思われる。

〈狗〉に気づかれぬよう、彼らが不在の間に侵入する予定だったが、計画は失敗した。これでは十條を救出するのは難しい——が。

——やる！

鉤縄の先を枝に掛け、縄を伝って地面に滑り降りる。長さが足りず、途中で史奈は手を放し、地面に飛び降りた。

着地した次の瞬間には、玄関に走っている。

「いたぞ！」

色めきたった〈狗〉の叫びが聞こえる。夜目にも明るく輝く黄色い髪の男は、ハイパー・ウラマにも参戦していた。杉尾《すぎお》則之という名前は、大会の名簿から知った。

十條が史奈の父の教え子だから、救出する——わけではない。

生きたいように生きられる世の中が望みだ。史奈も、因習に縛られる一族に生まれた。史奈自身は、己の特殊能力を天からのギフトだと確信し、疎ましく感じたことはない。だが十條のように、受け継ぐ血を呪いと感じるなら、それに縛られる必要はない。呪いから逃れようと必死にもがく十條を、見捨てられるはずがない。あれは、もうひとりの自分だったかもしれないのだ。

「不法侵入だぜ、お嬢ちゃん！」

杉尾がスライディングタックルをかけてくる。史奈は高く飛んでかわす。ハイパー・ウラマでの激突を思い出す。

——生きろ！　自分らしく。

体力、知力、気力、すべてを出しきって戦ったあの競技は、ドーピングを推奨するという倫理的に許しがたい面を持っていた。それでも〈狗〉との試合で史奈が感じたのは、全力でぶつかる開放感であり、横溢《おういつ》する生命力の歓喜ではなかったか。〈狗〉相手に手加減する必要はないし、むしろ死力を尽くさなければ勝てない。

そして、百パーセント以上の力を出しきらなければ、能力は向上しないのだ。

——もっと強くなりたい。

目指すのはそれだ。

互いに特殊な能力を持って生まれた一族だからこそ、自分を偽ったり、能力を隠したりせず、ありのままの自分でいられる瞬間が尊い。切磋琢磨《せっさたくま》して、もっともっと上を目指し合える存在はありがたい。

——私は、私だ。

巨体が通せんぼしている。二メートルはある大男が玄関前に立ち、両手を広げて史奈を捕まえようと飛びかかってきた。

前方の大男、後方の杉尾だ。

ふたりが殺到するタイミングを見計らい、大男の股下を転がってくぐる。杉尾が大男に正面衝突し、「アホウ！」と叫んでいる。

カッとなった大男が、腰の特殊警棒を抜いて振り回すのを、史奈は横に飛んでかわす。

杉尾が大男にぶつかって赤くなった鼻をこすり、ペッと唾を吐いた。

「ユキ、そいつは軽業師なみに身が軽い。無理に捕まえようとするな。中に入れなきゃそれでいい」

杉尾は正しい。こちらの目的は、中にいる十條を救出することだ。建物に入れなければば意味がない。

「おう、わかった」

ユキと呼ばれた大男がこちらを睨《にら》みながら後じさりし、ゴールキーパーさながら、警棒を片手に細目格子の引き戸の前で再び通せんぼした。

思わず舌打ちした。

——なんとか穏便にすませたいと思っていたのに。

史奈が二本めのニオイ爆弾を取り出して紐を引くと、杉尾が「げっ」と叫んで飛び退《の》いた。後ろの連中から情報が入ったのかもしれない。噴出する白煙と刺激臭に、杉尾は慌ててシャツの裾をまくりあげて鼻と口を隠したが、うっかりまともに吸い込んだ大男はその場にうずくまって涙を流しながら咳《せ》き込み始めた。

「おまえ、こんなんありかよ！」

杉尾が涙ながらに叫ぶ。

犬の嗅覚は人間の百万倍ともいう。〈狗〉も同じように鋭い嗅覚を持つので、こんな場合にはそれが裏目に出るわけだ。嗅覚に誇りを持つ〈狗〉だけに、それが奪われた時の衝撃も大きい。

——ごめん！

複雑な心境だ。史奈は心の中で謝ると、涙で前が見えず、やみくもに腕を振り回している大男を避《よ》け、杉尾が躊躇《ちゅうちょ》している隙に、玄関の引き戸を開けて中に飛び込んだ。

内部は暗いが、〈梟〉は夜目がきく。

眠らない〈梟〉は、長い夜を過ごす。外の者たちが眠りにつく深夜、世界は〈梟〉のものだった。夜行性の獣とともに、夜を我が物顔に駆け抜けるとき、〈梟〉の目はとりわけ涼しく澄みわたるのだ。

その建物は、「田の字型」と呼ばれる構造の日本家屋だった。そうとう昔の古民家だ。入ってすぐ三和土《たたき》と小さな竈《かまど》があり、空っぽの鍋が載っている。あとは六畳間が四つ。奥のひと部屋は襖《ふすま》で閉め切られ、他の部屋は家具が少なく生活感がない。十條がここにいるかも怪しいものだ。照明もないが、明かり取りの障子から淡い月の光が差し込んでいる。障子のそばに、鼠色《ねずみいろ》をした着物姿の長身の男性がひとり、こちらを向いて立っていた。

「何用だ、〈梟〉の娘よ」

年のころは五十代だろうか。短く刈りこんだ髪は、半ば白い。

「長！」

外から杉尾と大男が叫んだ。玄関から一歩も入って来ないのは、ここには入るなと厳命されているのかもしれない。

――この人が〈狗〉の長なのか。

「初めてお目にかかります。〈梟〉の〈ツキ〉筆頭、榊史奈です。夜分にお騒がせして申し訳ありません。また、先の長のこと、謹んでお悔やみを申し上げます」

無作法は祖母の桐子《きりこ》が嫌うところだった。

史奈が丁寧に頭を下げると、〈狗〉の長が軽く首をかしげた。

「〈狗〉の十條一興《かずおき》だ。丁寧なご挨拶、痛み入る。だが、こちらの質問に答えてもらっていないようだな」

——十條だと。

史奈は目を瞠《みは》った。この男は、十條彰の血族なのだろうか。

「十條彰さんにお目にかかりたい」

「会ってどうする」

「それは彰さん次第。彼が望むなら東京に連れて帰ります」

男が、かすかに笑った気がした。

「なるほど、〈梟〉は若い者まで大言壮語する。疾風《はやて》の言うとおりだな」

疾風とは、ハイパー・ウラマで史奈たちと対戦した森山《もりやま》疾風のことだろう。

「息子はここにいるが、君には会わない」

——この人、十條さんの父親だ。

十條が〈狗〉の一族だとは知っていたが、新しい長の息子だとは聞いていなかった。

長の葬儀に参列すると言っていたのは、祖父の葬儀だったのか。それなら、一族ともめている最中でも、どうしても帰らねばならないと頑《かたく》なな態度だったのも腑《ふ》に落ちる。

「本人の様子をこの目で見て無事を確認し、彼自身の口から聞くまで帰りません」

「なかなか勇敢だが、やめたほうがいい。衝撃を受ける」

何の感情もまじえない長の言葉に、史奈はむっとした。

「私は――」

〈狗〉の秘密くらい知っている。ホルモンバランスが崩れて、獣のような外見になったところもこの目で見た。驚きはしたが、それで十條に対する見方や態度を変えたりはしなかったはずだ。

「東京に帰ってくれ、史奈さん」

閉じた襖の向こうから声が聞こえた。弱々しいが、たしかに十條彰の声だった。

「私はここに残る。研究を途中で投げ出すのは心残りだが、先生と栗谷君に、迷惑をかけて申し訳ないと伝えてほしい」

「十條さん――」

無理に言わされているのではないのか。

襖を開けて姿を見せないのが、その証拠ではないか。

「そこにいるのですね。なら、襖を開けてください。あなたの無事を確認しないと、このままでは父に報告できません」

「――それは」

十條が躊躇し、戸惑っている。

「――やれやれ。〈梟〉の娘は頑固だな」

眉間に皺《しわ》を寄せた長が、すり足で襖に近づき手をかけた。

「開けるな、父さん！」

すらりと開いた襖の向こうも暗い。それでも、射《さ》し込んだほのかな光に照らされ、それが見えた。

はめ殺しの白木の格子だ。その向こう側に、顔をそむけた十條が正座している。

――まさか。

これは、座敷牢《ざしきろう》じゃないか。十條は故郷に戻り、座敷牢に監禁されているのだ。

怒りのあまり、声が震えた。

「これは、いくらなんでも――あんまりではないですか、〈狗〉の長よ」

座敷牢や、私宅監置といった過去の制度は、現代日本ではもちろん禁止されている。

だが、禁止だから怒っているのではない。ひとりの人間が、強制的に自由を奪われている。こんなことが許されていいのか。

しかも、格子の向こうに座り、顔を隠している十條の様子を見れば、どうやら多毛症を発症したまま、それを剃《そ》ることも許されていないようだ。十條が〈狗〉の特徴を嫌悪していることへの罰だとすれば、残酷すぎる。

「これは一族の問題だ。〈梟〉には関係ない。さあ、そちらの要望どおり、息子に会わせた。お引き取り願おうか」

長が冷然と告げた。

「十條さん！」

史奈は、眦《まなじり》を上げて呼びかけた。

「あなたは本当にそれでいいの。これまでの努力を無駄にするんですか」

いいわけがない。腹の底から、ふつふつと怒りが沸いてくる。これは人権侵害だ。生まれてくる場所を、人は選ぶことができない。十條は、生まれてきたらたまたま〈狗〉だった。だが、〈狗〉としての生き方が自分に合わなければ、別の生き方を選んでもいいはずだ。

「〈梟〉の娘よ。息子はいずれ、一族の長を継がねばならぬ。学生の間は好きにさせておいたが、その期間はもう過ぎたのだ」

「そんな――」

その言葉に素直に従い、何も見なかったことにして帰るには、史奈はまだ若く怒りに満ちている。

「榊さん。ここまで来てくれたことには礼を言う。だが、もう帰ってくれ」

十條の声が震えている。

「私のことは忘れてくれ。頼む」

「十條さん――」

彼が、本心でそんなことを言うはずがない。自分の人生を諦めたのか。当たり前の人生、ふつうの暮らしを夢見ることをやめるのか。

「帰れ！」

十條が声を振り絞るように叫ぶと、長が襖をぴしゃりと閉めた。

「聞いただろう。お引き取り願おう、〈梟〉の娘よ。麓まで杉尾たちに案内させる」

案内と言えば聞こえはいいが、監視つきで山を下りろと言っているのだ。

「――〈狗〉の長よ」

史奈はせいいっぱい胸を張った。相手の年齢や物慣れた態度を見ると、嫌でも己の若さや経験不足を思い知らされる。だが、それを引け目に感じている場合ではない。

――早く大人にならなくては。

〈ツキ〉の頭にふさわしい、強く賢い〈梟〉になりたい。いや、ならなければならない。

「私の父も、研究者としての十條彰さんに期待しています。こんなやり方は無体です。今日のところは帰りますが、後日あらためて、彰さんの今後についてご相談に上がらせてください」

「何度来ても答えは同じだ。帰りなさい。我々には、生まれた瞬間から定められた運命がある。運命には抗《あらが》えない」

「――いいえ！」

史奈の脳裏に浮かんだのは、真っ白な髪をして、身動きできない身体《からだ》で今もベッドに横たわる〈シラカミ〉の母、希美《のぞみ》だった。

運命に抗い、希美も父の榊教授も、史奈も、できる限りのことをしている。里の水が涸《か》れた後も、教授と和也はそれに代わる薬を開発し、奇病〈シラカミ〉に抗っている。

「運命は、変えることができます！」

史奈は叫んだ。

そう信じているから、自分たちは戦う。諦めれば、そこで終わりだ。運命だからしかたがないという諦念は、潔く見えるけれど、単なる怠惰にすぎないのだ。

――戦え！

命の限り、力の限り。

子どものころから、〈梟〉はそう叱咤《しった》される。自分に限界を設けるな。できないと思わなければいつかできる。できると信じなければ、できるはずがない。

精一杯に戦って、それでも失敗したならば、そこで初めて天命を感じれば良い。いや、一度や二度の失敗で諦める必要もない。失敗して、失敗して、命が尽きる最後の瞬間まで失敗し続けても、まだ負けたと思わなければそれは負けじゃない。

〈狗〉の長が、一瞬、虚を突かれたような表情を浮かべた。

「――そうか。〈梟〉は、この世をより良くするために戦うのだったな」

その言葉は、祖母からも聞かされたことがある。古来、〈梟〉が主君を選ぶ際、決め手になってきたのはその考え方だった。

誰もが生きやすい世の中を作りたい。

それが、〈梟〉のように特殊な人間にとっても、生きやすい世の中だから。

「ずいぶんと、おめでたいことだ」

長の否定に、史奈はむっとした。

「そう怒るな。われわれ〈狗〉は、運命には逆らわない。運命の四角い小箱の中で、わしらは生きている。――ではな、〈梟〉の娘」

どんな合図があったのか、史奈は後ろからぬっと入ってきた大男に襟首をつかまれ、そのまま引きずり出された。目の前で、玄関の引き戸が勢いよく閉ざされた。

「――――!」

背後の男に回し蹴りを試みると、男が手を放し、史奈は自由の身になった。振り返ると、安い染料で繰り返し染めたせいで、傷んで白っぽくなった黄色い髪の杉尾が、仏頂面して大男と並んでいた。

「だから〈梟〉は世間知らずだって言われんだよ。さっさと山を下りるぞ」

——世間知らずだと？

怒りを隠さず、史奈は杉尾に向き直った。

「杉尾さん。十條さんはあなたたちの仲間でしょう。座敷牢に閉じ込めるなんて、あんまりだと思わないの」

杉尾は動揺したようだ。座敷牢のことは知らなかったのかもしれない。だが彼は、巧みにその動揺を押し殺した。

「知るか、長がそう決めたんだよ。俺らがどうこう言うことじゃねえ。ほれ、行くぞ」

これ以上、〈狗〉と言い争っても無駄だ。彼らは思考を停止している。長には何か考えがあるのかもしれないが、息子の彰を監禁してでも〈狗〉の里にとどめたいと言うのなら、とうてい史奈とは折り合えない。

——必ず戻ってきて、十條さんを救出する。

史奈は緑屋根の古民家を振り返った。

目標に向かって走り、知恵を巡らし、戦って必ず勝つ。それが〈梟〉だ。

だが、今は準備不足だった。

まずは、策を練らねばならない。

眠らない〈梟〉には、〈狗〉にも持ちえない武器がある。
長い、長すぎるほど長い、夜だ。

1

『――なるほど。十條君は、〈狗〉の長の息子だったのか』

パソコンの画面に映る榊教授が、謎が解けたと言わんばかりに頷《うなず》いた。

仮住まいのマンションに帰宅した史奈が、真っ先に連絡したのは父親である榊教授だ。深夜だが、睡眠という習慣のない〈梟〉には、夜だから遠慮するという発想がない。

『残念だが、部外者の出る幕ではないな。〈狗〉の長にも考えがあるだろう』

史奈は、父親の顔をまじまじと見つめた。

「――まさか、このまま十條さんを見捨てるつもりではないですよね」

これが一般人なら話は単純だ。警察に通報すれば、長は逮捕・監禁罪に問われて、十條は解放される。

だが、忍びの一族には不文律がある。忍びと忍びの諍《いさか》いに、公権力の力は借りない。情報収集のためなら、〈梟〉だって敵地への不法侵入も辞さない。〈狗〉も同じ忍びだ。十條の監禁は違法行為だが、警察に通報したりはしない。それが掟《おきて》であり、闇の世界に生きる忍びの矜持《きょうじ》でもある。

『機会を作って〈狗〉の長と話してみたいが――考えてもみなさい、史奈。私たちが里を下りるとき、お義母《かあ》さんが君を里に置いていけと命じたことは知っているだろう。もし私たちが断り、無理に君を連れて行こうとしていたら、何が起きたと思う？』

ため息まじりの言葉に、史奈も教授が言わんとすることを理解した。

「――血を見るまでおさまらない武力闘争」

『わが娘ながら、実に的確な言葉で描写してくれるね』

教授が苦笑している。

『だが、そういうことだ。お義母さんには彼女なりの理由があった。今度のことも、〈狗〉の長には事情があるのだろう。史奈の怒りも正しいが、〈狗〉の問題に口を出すなという、彼らの言い分にも耳を傾けるべきだ』

「でも、あんなふうに人間の自由を奪うなんて――」

『私だって、十條君には研究を続けてもらいたいんだよ』

教授が、今すぐ〈梟〉を集めて〈狗〉の本拠地に乗り込むと言わないのは、史奈にも予想できた。教授はどちらかといえば、円満な解決を望むタイプだ。

今夜は史奈ひとりで乗り込んだから、向こうも手荒な真似《まね》はしなかった。必要とあらば、遠慮なく武器を持ち出す奴《やつ》らだ。杉尾だって、ハイパー・ウラマの続きみたいで、半分は面白がっていたのかもしれない。

――だが。

暗がりに顔をそむけていた十條の様子が目に浮かぶ。

教授の言う「機会を作って」がいつになるのか見当もつかない。それまで十條を放置して大丈夫だろうか。心細いだろう。見捨てられた気にならないか。それでなくとも、自暴自棄になりがちな男なのだ。

『座敷牢に、カミソリを持ち込めないのは当然だよ。十條君は昔、自傷行為に走ったことがあるそうだ』

考え込んでいる史奈をどう思ったのか、教授が言葉を続けた。史奈は初めて聞いた。

『罰ではないと思うよ。〈狗〉の長は、息子を案じているのだろう。――ともかく、〈狗〉の長には、十條君の研究を説明して、わかってもらう必要があるね。それが〈狗〉にとって悪い内容でないとわかれば、彼らの態度も変わるだろう。一般の人に十條君の研究を理解してもらうのは難しいけどね。時間をかけよう、史奈。まだしばらくは丹後にいるのだろう？』

「この地域の水を集めるまでは、しばらく滞在するつもりですが――」

『それなら、その間に〈狗〉の長と話す機会を作りたいね。その時には、私もそちらに行くよ。〈梟〉の〈ツキ〉は君だが、十條君は私の教え子なんだから』

教授の提案はもっともだった。つきあいの長さ、深さから言っても、教授のほうが史奈よりずっと十條を心配しているはずなのだ。

「承知しました。〈狗〉と連絡を取る方法を考えておきます」

『史奈が送ってくれた水、調べてみたよ。残念だが、今のところは里の井戸と同じ成分を含む水は見つかってはいないけどね』

史奈は、近隣の名水と呼ばれる天然水をペットボトルなどに汲《く》み、教授のいる東京に送って、成分を分析してもらっている。

これまでに、近くにある「切畑《きりはた》の名水」や、兵庫県豊岡《とよおか》市まで足を伸ばして「福寿《ふくじゅ》の水」など、名高い湧水を汲んでみた。この地方に限らず、この国には美味《おい》しい湧水がいくつも存在する。

「次の休みには少し遠出して、水を汲んでくるつもりです」

『そうか、頼んだよ。くれぐれも無理をしないようにね』

はい、と頷き、通話を切った史奈は、吐息を漏らした。

＊

史奈が大学に休学届を提出し、警備のアルバイトも辞めて東京を発《た》ったのは、新競技ハイパー・ウラマに端を発する騒動がなんとか落ち着いた、九月の終わりだった。

――〈狗〉の里は、丹後にある。

その言葉が、わずかな手がかりだ。

史奈の父、榊教授の弟子にあたる研究者、十條彰は、〈狗〉の一族に生まれた。〈梟〉とよく似た排他的な性格を持つ血族で、人間離れした鋭い嗅覚と、満月の夜に発症する多毛症のため、外部の人間とはなるべく接触を控えてきた忍びの一族だ。

十條が、一族の長の葬儀に参列すると言って故郷に向かい、消息を絶ってはや数か月。

（なにも君が捜しに行くことはない）

榊教授は、ひとり娘が丹後に向かうことに難色を示したが、最後は史奈が押し切った。もちろん、丹後に来たのは、十條を捜すためだけではない。

――〈梟〉の一族は、どこから来たのか。

史奈がかねてより心の中で温めてきた、一族のルーツを訪ねる旅だ。

睡眠を必要としない、一族の特殊な体質。不安定な遺伝子を持つために、時おり発生する〈シラカミ〉と呼ばれる奇病――。

〈梟〉の歴史を遡ると、戦国時代にはすでに眠らない一族として忍び働きをしていたことが伝わっている。それよりはるか昔に、その体質を獲得していたようだ。

一族はいったいいつ、どこでこの特殊な体質を持つようになったのか。史奈が興味を抱いているのはそれだ。

丹後に着くと、今後のために合宿形式のドライビングスクールに申し込んだ。運転免許があると便利だ。合宿なら最短二週間で免許が取得できるとの触れ込みだったし、その間の宿を確保しつつ、夜は調査の時間も取れる。

史奈は、ドライビングスクールで丹後生まれの若い女性、望月美夏《もちづきみか》と仲良くなり、彼女の紹介で合宿終了後の短期アルバイト先と部屋を確保した。スクール代は貯金から捻出したが、車を買うつもりだったので、アルバイトは願ったりかなったりだ。

（そのくらいの費用、私が出すのに）

榊教授の渋面が想像できて、史奈はかすかに笑った。史奈がひとりで何でもやろうとすることに、教授は折り合いがつけられないようだ。両親が研究のため里を下りたとき、史奈は五歳だった。十一年後に再会したものの、教授の中で娘はまだ幼い子どものままなのかもしれない。

――もう二十歳なのに。

大人だと史奈自身は思うけれど、背伸びしているように教授は感じるのだろうか。

だが、〈梟〉の里にいたころ、祖母の桐子から教わったのは、この世に自分だけ生き残っても暮らしていけるための術《すべ》だった。野菜を育て、魚を捕り、料理をして、道具の手入れをする。そのうえで、戦うための鍛錬をする。

すべてがサバイバルだ。

史奈が、できることなら何でもひとりで対応しようとするのは当然だった。

二週間の合宿期間に、まずは十條が通った高校を調べた。大学に入学する際、十條が提出した高校の内申書から担任の名前はわかったものの、これだけ個人情報の取り扱いが厳しい時代に、教師がかんたんに元生徒の住所など明かすはずもない。

深夜の高校に忍び込み、十年前の卒業生の記録を探すのはさほど難しくなかった。十條の住所も書かれていた。だが残念なことに、それはワンルームマンションのものだった。実家が遠いため、高校の近くにマンションを借りて通学していたらしい。

そのワンルームマンションは住人の入れ替わりが激しく、十数年前に三年間だけ住んでいた十條という青年を知る者は誰もいなかった。

十條の捜索は振り出しに戻ったが、二週間の免許合宿は滞りなく終了した。運転免許を手に入れた史奈は、京丹後大宮《きょうたんごおおみや》駅から徒歩圏内にある単身者用マンションに、一時的に住まわせてもらうことになった。

(伯母さんが相続したマンションで、あたしも住んでるんだけど、少し前から隣が空いてるんよ。こっちに住むのは二か月くらいなんでしょう？　伯母さんに頼んだら、史奈なら短期でも貸してくれると思うよ)

ホテルを取ると高くつくし、賃貸だと契約期間が最短で二年という物件が多い。どうしたものかと迷っていたところだったから、美夏の申し出はありがたかった。

彼女は美容師の卵で、美容室で働きながら専門学校に通って国家資格を取ろうとしているそうだ。

（知り合いがアルバイトを募集してるんだけど、しばらくどうかな？）

美夏が紹介してくれたアルバイト先は、「丹後王国『食のみやこ』」という、道の駅のアンテナショップだ。週に四日、一日に八時間、地域の特産品や土産物などの商品を補充し、レジを打っている。

東京を離れ、地方に来て、史奈はようやく人心地がついた。里の襲撃事件以来、自分がどれだけ都会の雑踏で疲弊していたのか、ここに来て実感できたようだ。

〈狗〉の手がかりを得たのも、アルバイト先だった。アンテナショップの売り場に卵のパックを並べていて、生産者の名前と写真に目が吸い寄せられたのだ。

近ごろ流行の「私がつくりました」という生産者のシールが、パックに貼られていたのだった。杉尾則之という名前に、見覚えがあった。二センチ四方くらいの小さなモノクロの写真も、笑顔をつくっているがどこか不敵な表情が目を引いた。

——あいつだ。

ハイパー・ウラマで対戦した〈狗〉の三人のうち、ぼさぼさの黄色い髪をした男だ。その卵は、杉尾養鶏場が出荷しており、付属の工場で作っている煮卵も美味しいのだと一緒に働いているパートさんが教えてくれた。

あとは、杉尾養鶏場から卵が届く日を狙って車で尾行し、彼らの本拠地を探し出したのだ。なにしろ、彼ら〈狗〉は人間離れした嗅覚を持ち、史奈たち〈梟〉を嗅ぎ分けてしまうので、見つからないようにするのもひと苦労だった。

十條が監禁されている古民家も、養鶏場から数キロ離れた森の中で見つけた。

史奈が東京から丹後に来て、ひと月半。ようやく、〈狗〉の本拠地に肉薄できた。

昔は知らず、現代社会では〈狗〉も定職がないと生活が厳しいのだろう。そして社会と接点を持てば、誰かに見つかる可能性も出てくる。

ハイパー・ウラマに出場した〈狗〉たちは、最初から悪役に徹していて、いかにもアウトローな雰囲気を醸し出していた。だが、彼らの暮らしぶりを知って、話せばわかる相手なのではないか——と期待をかけたのは早計だったようだ。

——早く〈狗〉の長と話す場を持たなくては。

史奈が知っている十條彰はもの静かで、どちらかと言えば陰鬱な性格の男だった。彼が早まったことをする前に、なんとか救出できないかと気ばかり焦る。

2

「わざわざ一緒に来てくれなくても良かったのに」

「いやいや〜、史奈のためじゃなくて、あたしが来たかったのヨ！」

ヒラヒラと手を振って望月美夏が笑った。ドライビングスクールで初めて会ったときから、朗らかで人懐こい女性だ。住まいやアルバイト先まで斡旋《あっせん》してくれるし、時には隣室に招いて、夕食をご馳走《ちそう》してくれる。

美夏が言うには、それは史奈が史学科で学んでいると話したからだそうだ。

（えーっ、あんた歴史の勉強してるの？　しかも丹後で神社巡りやるの？）

喜色満面で叫んだ美夏は、歴史が大好きらしい。特に古事記を愛してやまないそうで、たしかに丹後にいると古事記ネタには事欠かない。

今日は、史奈が眞名井《まない》神社に行くと言うと、仕事を休んでついてくると言って聞かなかった。美夏は、背中まで伸びたゆるいウェーブの茶髪をかき上げ、にこにこしている。

彼女は高校を卒業した後、いったん親の勧めで短期大学に入ったものの、向いていないと感じて中退し、美容専門学校に入り直したそうだ。年齢は史奈よりひとつ上の二十一歳で、学校ではヘアメイクだけでなく、美容全般を習得するせいか、毎日メイクもしっかりしている。とても可愛《かわい》らしい人だ。

美容師という職業を目指すだけあって、社交的で人当たりもいい。

――ついに、来たんだ。

自分がその場にいる実感がわかず、史奈は目を閉じて深呼吸をした。

いま住んでいる峰山《みねやま》から、車で二十分あまり。阿蘇海《あそかい》に面したここは眞名井神社、旧社名匏宮《よさのみや》大神宮という。

丹後一宮《いちのみや》、「元伊勢《もといせ》」と呼ばれる籠《この》神社の奥宮《おくのみや》だ。

いつか、ここに来なければならないと考えていた。眠らない一族〈梟〉の長、〈ツキ〉のひとりとして、一族のルーツを読み解き、失われた「水」に代わる新たな水を探さなければならない。

そう考えてきた。

だが、いざ現地に来てみれば、空間の清浄さと静謐《せいひつ》にうたれ、史奈でさえ一族のルーツへの探求心を、ほんのひととき忘れた。

「──ね？　素敵な神社でしょ？」

いつもにぎやかな美夏も、神域に足を踏み入れると、そうひとこと囁いたきり口を閉ざし、あまつさえほのかな笑みを浮かべて周囲の音に耳を傾けている。

古くは天香語山《あめのかぐやま》ともいう──藤岡山《ふじおかやま》の森と竹林に風が吹き渡る。さわさわと鳴る梢《こずえ》は、まるで誰かがひそやかに言葉を交わしているかのようだ。

──こんなに厳粛な場所なら、何が起きても不思議ではない。

社殿の後ろにあるふたつの磐座《いわくら》を目の当たりにして、史奈は自然に首《こうべ》を垂れた。

小さな石の鳥居に守られる西の磐座は、船のようにも見える大きな岩だ。天照大神《あまてらすおおかみ》と、国生み神話の伊射奈岐《いざなぎ》、伊射奈美《いざなみ》が座す。

対して、同じく鳥居の向こうにある東の磐座は、その大部分が地中に隠され、地上に現れる部分はほんのわずかでしかない。そこに座すのは、豊受《とようけ》大神だ。天照大神の食事を司《つかさど》る御饌《みけ》神であり、天照大神が日の神とされるのに対し、豊受大神は月の神とされる。また海神でもあり、衣食住、産業の守り神ともいわれる。

古《いにしえ》の神々は多くの役割を担うことがあるが、それにしても豊受大神の働きは変幻自在だ。

この地は眞名井原《まないはら》と呼ばれ、古くは縄文時代から聖地として崇敬を集めていたことが、敷地から出土する当時の勾玉《まがたま》などから推測されている。

——縄文の昔から。

なんだか、気が遠くなるような話だ。縄文の人々も、この磐座に神秘を感じ、神々に通じることを願い、原初の祭祀《さいし》を行ったのだろうか。そして、ほぼ地中に埋もれた岩と、隣り合う大きな岩の存在に、陰と陽、月と日の対照を見たのだろうか。

お参りがすむと、史奈は美夏と並んで眞名井神社の境内をそぞろ歩いた。ふだん、史奈はとても歩くのが速いが、今日は美夏に合わせてゆっくりだ。

「あ～、久しぶりに来ちゃった。もっとたびたび来たらいいんだけど、気軽に来るのはもったいないような気がしちゃうんだよね」

美夏が深呼吸しながら呟《つぶや》いている。

「——今日、満月なんだね」

「そうそう！　そうなんよ。だから絶対あたしも来たかったんだ」

籠神社と眞名井神社では、満月と新月の日だけ特別なお守りを授与し、特別な祈禱《きとう》も行うそうだ。「むすひ詣《まい》り」の文字と満月のイラストが描かれた幟《のぼり》が境内各所に立っている。「むすひ」は漢字で「産霊」と書くようだ。

満月と新月。満月は月、新月は日の暗喩で、ふたつを合わせると「明」という文字にもなる。日と月、陰陽、相反するふたつのもので、この世は成り立っている。

――満月か。

史奈はふと、〈狗〉の一族を思った。満月は、彼らにとっても特別だ。月に数日だけ開設される眞名井神社の授与所に、大勢がお守りを求めて並んでいた。

「待っててね、あたしお守り買ってくる」

美夏がそちらに駆けていく。

「うん、お水のところにいるね」

声をかけ、史奈は階段を下りた。

ここに来たのは、眞名井の水を汲むためだ。

鳥居のそばに、手水《ちょうず》があった。史奈も、参拝前に手と口を清めた手水だ。苔《こけ》むした岩の間から、湧水がほとばしっている。岩には注連縄《しめなわ》が張られ、それが聖域であることを教えている。

——天の眞名井の水。

古事がある。

旧事本紀《くじほんぎ》にいわく。高天原《たかまがはら》から神々が天孫降臨した際、葦原中国《あしはらのなかつくに》（日本）には良い水がなかったため、天村雲命《あめのむらくものみこと》がふたたび高天原にのぼり、「水の種」を持って下りた。彼はそれを高千穂《たかちほ》の「天眞名井」に遷《うつ》し、水質を改善したそうだ。

水の種は、高千穂からこの宮津《みやづ》の、天の眞名井に遷され、のちに伊勢外宮《げくう》の藤岡山の井戸に遷されたという。

——多賀に落ち着く前、〈梟〉の一族はこの眞名井原にも定住したことがあるのではないか。

一族に伝わる古文書『梟』には、いくつかの神社について断片的な記述がある。史奈はそれが、一族が多賀に落ち着くまでに流離《さすら》った場所を教えているのではないかと考えている。

『梟』の記述は、あまりに削《そ》ぎ落とされている。おそらく、当時の一族には敵が多かったため、万が一、文書の内容が外部に漏れても、説明がなければ事情が把握できないよう、そのような記述にとどめたのだろう。

だが四年前、想定外の事故により〈ツキ〉が全員死亡し、本来は口伝で一族に継承されるべき情報が失われてしまった。そうなると、『梟』の暗号のような記述が恨めしい。

史奈の推理では、一族の流浪のキーワードは、「水」だ。

多賀の里には、古くから祭祀に使用されていた井戸があった。ごく最近、涸れてしまったが、史奈の父、榊篤郎《あつろう》教授らの研究により、この井戸水に〈梟〉の遺伝子を安定させる成分が含まれていたことが明らかになっている。

〈梟〉の一族は、戦国時代初期にはすでに多賀に定住していた。いつ、どこから多賀に移動してきたかは不明だが、彼らはあの井戸が自分たちの健康に有益だと発見したのではないか。

ひょっとすると、そういう「水」を探し求めて、各地を転々としたのではないか。

そして、自分たちの身体に有益な「水」が存在することを彼らが知っていたのは、どこかにある一族発祥の地に、そういう「水」が存在したからではないか――。

――一族のルーツをたどりたい。

多賀の里の井戸が涸れたいま、教授たちは最先端の科学をもって新薬を開発中だ。だが、まだ効能と副作用を見定める最中の新薬とは別に、確実に有効な「水」が今もどこかに存在するのなら、それを探すべきだ。

それが、史奈が東京を発った理由のひとつだった。

岩からほとばしる清水は細く、手水として利用するには充分だが、水を汲むための場所は別に設けられている。

史奈は専用の水汲み場で、持参したボトルになみなみと水を汲んだ。

一族がこの地を離れ、多賀に落ち着いたのは、水質に変化があったためかもしれない。でなければ、移動する必要はなかったはずだ。

――水の種か。

天村雲命の伝説も、何かを示唆しているように感じる。古代の神々は、高天原から高千穂、そして眞名井神社、伊勢神宮へと水の種を遷した。神々にも〈梟〉の一族と同じように、その「水」を必要とする理由があったのかもしれない。

では――神々とはいったい、どんな「人々」だったのだろう。

古代の神々は、もとは人間だったものも多い。神を祀《まつ》る側にいた人物が、やがて祀られる側になる。天村雲命もそのひとりだ。伊勢神宮の神主、度会氏《わたらいうじ》の祖先神とされる。

この国では、人間が時を経て神として祀られることは珍しくない。天神さんこと菅原《すがわらの》道真《みちざね》もそうだし、豊国《とよくに》神社は豊臣秀吉《とよとみひでよし》らを祀っている。東照宮《とうしょうぐう》は徳川家康《とくがわいえやす》を「神君《しんくん》」として祀り、白峯《しらみね》神宮は崇徳《すとく》天皇を祀るではないか。

人間が、神になる。

まだまだ、一族の歴史には謎が多い。どこかで、人間だったころの豊受大神と一族の軌跡が交わっていたかもしれないと夢想することは、ちょっと楽しかった。

豊受大神が月の神であることにも縁を感じる。一族の長たちは、代々〈ツキ〉と呼ばれてきた。

「お待たせ〜！」

お守りを授与された美夏が、急ぎ足に参道を下りてきた。

「お水、汲んだの？　ほんとに熱心やね」

史奈がペットボトルをショルダーバッグにしまうのを見て、感心したように頷く。

美夏には、各地の名水に興味を持っていることをそれとなく話してあった。地元の人で歴史に興味があるので、丹後の名水についてもいろいろ教えてくれるのだ。

「それに、奥宮からお参りするなんて人には初めて会ったよ、あたし」

「そう？　これから籠神社にも行くよね？」

「そりゃ、ここまで来たら行くでしょ！」

美夏は朗らかに笑った。

――あ、また。

史奈はふと、背後に視線を感じて神経をぴりりと張った。

この地に着いてから、時おりじっと見られている気がする。今のところ、害意はなさそうだ。だが、珍しいものでも見るかのような、不思議にねばつく視線を感じる。

史奈が気づいたことを察したのか、視線がすっと離れていく。こちらが若い女だからだろうか。ふだんから、じっと見つめられることがないとは言わないが――。

目的の水は汲んだので、史奈たちは眞名井神社の参道をゆっくり下りた。史奈が車を停《と》めたのは、坂の下の元伊勢籠神社の駐車場だ。先に奥宮の眞名井神社にお参りするのが正しい作法かどうかは知らないが、目的を達してから、ゆっくり籠神社にお参りするつもりだった。

「丹後には興味深い神社がたくさんあるよね」

眞名井神社と籠神社のあいだには、ふつうの民家が並んでいて、小さな畑や養蜂場もある。そんな緩やかな坂をぶらぶらと下っていく。

「そうやろ、そうやろ。ほら眞名井神社って、もとは豊受さんと天照さんをお祀りしてたやん。で、先に天照さんがひとりだけ伊勢に行きはるやん。五百年後に雄略《ゆうりやく》天皇の夢枕に立って、豊受さんがいないとご飯が喉を通らへんから、豊受さんを伊勢に呼んでって頼みはるやん。あれってめっちゃロマンチックやんな。そう思わへん？」

「ロマンチック――？」

頬を染め、大いに熱を込めて美夏が語るのを、史奈は戸惑いながら聞いている。

天照大神が、「食事が喉を通らない」などと言ったかどうかは定かではないが、豊受大神を伊勢に呼び寄せたのは確かなようだ。

「ええと――天照大神と豊受大神って、どちらも女神様だよね」

「そうそうそう！　そこがええんやん、なんか天照さんが可愛らしいてさあ」

――可愛らしいのか。

そして、天照大神も美夏にかかっては「天照さん」なのか。

ともかくここは、神道にさほど知識のない史奈にも、非常に興味深い神社だ。

籠神社と眞名井神社は、もっとも古い寺社建築の様式とされる、神明《しんめい》造りの本殿、拝殿を持つ。高欄上の五色の座玉《すえたま》など、ここ以外では、伊勢神宮にしか見られない様式だそうで、伊勢神宮との古代からの深い関わりを示していると伝えられる。

籠神社が「元伊勢」と呼ばれるのは、伊勢神宮の内宮《ないくう》の御祭神・天照大御神《おおみかみ》が、伊勢に迎えられる前はこの地で外宮の豊受大御神と並んで祀られていたとされるからだ。

もともと眞名井原には、月神で、衣食住や産業の守り神とされる豊受大神が祀られていた。その縁で天照大神がこの地に遷座され、垂仁《すいにん》天皇の御代に伊勢神宮に遷られるまでの四年間、ここで豊受大神とともに祀られていたという。そして豊受大神も、天照大神のたっての要請により、およそ五百年後の雄略天皇の御代に、伊勢の外宮に遷られたのだった。

天照大御神は伊勢に落ち着くまでに各地を転々とされたが、現在の伊勢の内宮である天照大御神と、外宮である豊受大御神の二柱《ふたはしら》が同じ社に祀られたのは、伊勢神宮以外には籠神社をおいてほかにない。だから、元伊勢と呼ばれている。

さらに、興味深いことがある。

籠神社は、日本三景のひとつ、天橋立《あまのはしだて》の北側に位置している。天橋立は、天と地を行き来する際の梯子《はしご》として使われていたという。古くは天橋立が籠神社の参道だったとの記録もあるそうだ。

——まるで、古事記の時代と現代とが、地続きになっているような場所。

美夏のように、天照大神や豊受大神が知り合いみたいに親しげに語りたくなる気持ちも、わかる気がする。古代の神々が身近なのだ。

「あっ、こっちのお守りも頂いてくる。ちょっとだけ待っててね」

籠神社の拝殿でお参りをすませると、美夏がまた授与所に駆けていった。こちらでも、海外からの観光客らしい人を含め、大勢が並んでいるようだ。

しかたなく、史奈がひとりで境内を散策していた時だ。

また、視線を感じた。

「史奈」

名前を呼ばれ振り向くと、着物姿の白髪の男性が微笑を浮かべてこちらを見ていた。年齢は七十をいくらか超えたくらいだろうか。短く刈った白髪に、日焼けした肌の持ち主だ。痩身、長軀《ちょうく》で、抹茶色の着物に縞《しま》の袴《はかま》を穿《は》いている。神社の境内で見ると違和感はないが、東京の街角なら目立つだろう。顔立ちに特筆すべき特徴はないが、明るく輝く双眸《そうぼう》のせいで、なんとなく目を引かれる。

はっきり名前を呼ばれたが、知らない男だった。男の背後で、スーツ姿の屈強な若い男が三人、油断なく周囲に目を配っている。

「――どちらさまでしょうか」

口調が冷ややかになったのは、不穏な気配を感じたからだ。

初対面の相手の力量をそれとなく測るのは、一族の習い性となっている。相手が高齢ながら、いまだ衰えぬ体力と気力の持ち主であることは、史奈にも読み取れた。

ただそれを、態度や服装、動作などを高齢者らしく地味に装うことで、隠している。後ろの三人はボディガードかもしれないが、おそらくそんなものは必要ないくらい、男自身が何かの武術に長《た》けていると見た。

男は三人から離れ、ゆっくり近づいてくる。微笑《ほほえ》みを絶やさないが、目の光には隙がない。史奈は慎重に間合いを測った。近づきすぎたと感じたら背後に飛んで離れるつもりだったが、男は微妙な位置で足を止めた。向こうも、史奈との間を測っているのだ。

「まさか、こんな場所で会うとは思わなかった。駐車場で君を見かけて、驚いてね。ひとりになるのを待っていたんだ」

――関わらないほうがいいだろうか。

美夏を見つけて、さっさとこの場を立ち去るべきだろうか。思案を始めたときだ。

「榊 恭治《きょうじ》という名前を聞いたことは？」

史奈は眉をひそめた。

――もちろん、聞いたことはある。

「榊恭治は、とうに亡くなりました」

「桐子が君にそう教えたのだろう?」

祖母の名を口にした男の、穏やかな表情は揺るがない。

「まあ、それもしかたがない。〈ツキ〉の桐子は、里を守らねばならなかった。里を下りた夫など、死んだと言わねば体裁を保つことはできなかっただろうよ」

「――それ以上、近づかないでください」

男が前に踏み出す姿勢を見せたので、史奈は鋭く制止した。男は頷き、その場にとどまった。

「私が榊恭治だ」

史奈は眉をひそめた。

「君のおじいさんだよ」

祖父は、史奈が生まれる前に死んだ。

桐子はそう話していた。榊教授や母の希美も、それを否定したり、疑ったりするそぶりは見せなかった。だから、史奈も疑ったことはなかった。

男は、桐子の夫として榊家に婿入りした、榊恭治――史奈の祖父を名乗っている。

3

「――やれやれ。実の孫娘に、近づくなと言われるとはね」

目の前の老人は、降参の印のように両手を挙げている。だがその仕草や穏やかな表情すら、どこか演技の臭いがする。

「あなたがもし本当に一族の出身なら、私が慎重になる理由はわかるはずです。祖母は、私の祖父は流行《はや》り病で昭和六十年に亡くなったと言っていました。里でお墓も見ました。あなたの言葉は信じられません」

男が微笑する。

「たったひとりの孫が、しっかり者に育ってくれて嬉《うれ》しいね」

史奈は眉を曇らせた。

だが、怪しい人間だとしても、相手が〈梟〉の一族を名乗る限り、〈ツキ〉の史奈には言っておかねばならないことがあった。

「いちど里を下りた人を、祖母が二度と受け入れなかったのは、〈梟〉の結束を守るためでした。里が失われたいま、私たちはその掟を捨て、過去に里を下りた人も希望するなら一族として受け入れています。もし、あなたが一族のもとに戻りたいと言うのなら──」

面白そうに聞いていた男は、最後まで聞かず笑い始めた。

「どこかで聞いたことがあると思えば、君の話しかたは桐子にそっくりだな。さぞかし自慢の孫だったろうね」

むっとして、史奈は口をつぐんだ。この男に何がわかるというのだろう。両親は里を下り、残された祖母と史奈だけで、家を守ってきた。祖母と、数少ない一族の年寄りたちは史奈の大切な教師で、一族の者としての鍛錬や心がまえから、農作業のイロハに料理、包丁の研ぎかた、罠猟《わなりょう》の仕掛けかたや猟銃の撃ちかた、果ては捕らえた猪《いのしし》の捌《さば》きかたまで教わったものだ。

あれは濃い生活だった。あの暮らしに戻りたいかと聞かれると、便利な生活に慣れた今となっては迷うが、間違いなく史奈は祖母の影響を強く受けているし、話しかたただって似ているだろう。だがそれを、会ったこともない祖父を名乗る男になど、気安くからかわれたくない。

「いや、よけいなことを言った。報道で知ったが、桐子のことは残念だった。こんなに早く世を去るとは、私も予想外だったよ」

男は史奈の反感に気づいたようだ。

「意外な場所で君を見かけて、つい声をかけてしまった。君とはいつか会いたいと思っていたからね。四年前の――里の事件が大きく報道されて以来ずっと」

史奈は戸惑っていた。世間一般の人よりも疑い深いという自覚はある。生い立ちや、これまでに遭遇した事件を思えばしかたがない。どうしても、相手の言葉は本当だろうかと考えてしまう。

「以前、父も、榊家の祖父はもう亡くなったと言っていた。私はともかく、父や母が知らないのは変だと思う」

「希美が赤ん坊のころに里を離れたからね」

籠神社の参拝者たちが、怪訝《けげん》な表情を浮かべて横を通り過ぎる。若い娘が緊張感をみなぎらせて、七十過ぎの男性と立ち話をしていることに、違和感を覚えたのだろう。

男は周囲の視線になど頓着せず、何かを探るように、史奈をじっと見つめた。

「君は――ひょっとして、一族のルーツを探しているのではないか？」

突然の核心をついた質問に、ドキリとする。たしかに、史奈は〈梟〉のルーツを求めてここに来たのだ。

――なぜわかる？

男の微笑みが濃くなる。

後ろのスーツ姿のひとりが、「オシサマ」と呼びかけながら小腰をかがめて彼に近づき、耳元で何かを囁いた。小さく頷いた男がこちらに向き直った。

「――今日のところは退散するとしよう。君とはいずれ、ゆっくり話したい」

明らかに、こちらの気を引こうとしている。その言葉はたしかに史奈の心を射た。

では、と男は微笑みを浮かべたまま立ち去った。連絡先の交換を求めなかったのは、その気になれば史奈の連絡先くらいわかるという自信の表れだろうか。

後ろの男たちが、恭しく男を取り巻き、後に続く。彼らの姿が参道を出て完全に見えなくなるまで、史奈はしばし見送った。

――やっぱり、おかしい。

本当の祖父だとは思えない。万にひとつ、祖父だったとしても、信用していい相手かどうかは別の話だ。

――一族以外のすべてを疑え。

それが祖母の教えだが、さまざまな事件を経て、史奈は一族すら無条件に信じることはできないと考えるようになった。

心配をかけるのは本意ではないが、今の男のことは、念のために榊教授やほかの〈ツキ〉たちにも話しておくべきかもしれない。

史奈は、眞名井神社の水が入ったショルダーバッグを肩に揺すり上げた。

「史奈、今の人なに？　大丈夫？」

様子を見ていたらしい美夏が、不安そうに近づいてくる。声をかけていいものかどうか、迷っていたようだ。

「大丈夫。道を聞かれただけだから」

美夏にはそう言っておく。彼女はホッとした様子で頷いた。

「なあんだ、そうなん？　そしたら、これから天橋立を歩いて渡るんよね？」

天橋立は、全長三・六キロメートル。徒歩で渡ることも可能だし、近隣の店で自転車を借りて走ることもできる。

「うん、歩いて行こうか」

途中に天橋立神社と、磯清水《いそしみず》と名づけられた井戸がある。海に囲まれた場所なのに、塩分を含まない真水が湧くので不思議がられているそうだ。その水も、汲んで教授に送るつもりだった。

「史奈もホンマに好きやなあ」

美夏が嬉しそうに言って、歩きだした。「ホンマに好き」なのはむしろ美夏のほうだと思う。史奈が神社や古代史にまつわることに興味を示すのが、彼女は嬉しくてたまらないらしいのだ。

「丹後に来るまで、こんなに神話や昔ばなしの宝庫だなんて知らなかった」

「そうやんねえ」

丹後には、大和《やまと》政権が実権を握るまで、「丹後王国」と呼ぶべき独立勢力があったのではないかという説がある。中国大陸との距離も近く、人の往来があった可能性も高い。たとえば、丹後半島の伊根町《いねちょう》にある宇良《うら》神社は、別名を浦嶋《うらしま》神社という。浦島太郎《うらしまたろう》のモデルになった、浦嶋子を祀っている。

浦嶋子は、雄略天皇の時代に常世《とこよ》の国に誘われて渡り、三百年以上を経て淳和《じゅんな》天皇の時代に現世に帰還したと言われる。

神社には、玉櫛笥《たまくしげ》――いわゆる玉手箱――や浦嶋明神縁起絵巻などが宝物として伝わり、史奈も宮司さんによる縁起の絵解きを拝聴したことがあった。壁一面を覆うほど大きな掛け軸様の絵巻に描かれた「常世の国」は、のちの竜宮城《りゅうぐうじょう》だ。乙姫《おとひめ》様ではないが、浦嶋子は美しい女性に愛され、常世で長らく幸せな生活を送っていたのだ。そこに描かれた建物や生活様式は、いかにも大陸風だ。

浦島太郎の伝説は各地に残っているが、中でも浦嶋神社の絵巻などは日本最古と言われている。

また、伊根には徐福《じょふく》を祀る新井崎《にいざき》神社も存在する。徐福とは、秦《しん》の始皇帝に仕えた方士《ほうし》の名前だ。あるとき彼は、長生不老の霊薬を取りに行くと申し出て始皇帝から船と人員、財宝などを賜り、東方に船出した。

徐福を乗せた船は、伊根の新井崎にたどりつき、彼はそこで良い村長となったというのだ。日本各地に残る徐福伝説のひとつだ。

それから、少し足を伸ばせば大江山《おおえやま》がある。御伽草子《おとぎぞうし》に登場する、酒呑童子《しゅてんどうじ》ら鬼の棲み処だ。そんなことを思いつくままに話すと、美夏が嬉しそうに笑った。

「なんか、そのへんをふつうに古事記の神様や鬼が歩いていても変じゃない感じじゃん。ワクワクするよねえ」

「そう言えば、羽衣伝説もあるでしょう。比沼麻奈為《ひぬまない》神社の」

「そうそう。何でもありなんよね。小野小町《おののこまち》のお墓だってあるし」

美夏が紹介してくれたマンションは、比沼麻奈為神社の近くにあった。「元伊勢」を名乗る神社は複数存在し、比沼麻奈為神社も、豊受大神が祀られていたとされるひとつなのだ。当然、史奈もチェックしている。

「豊受大神は御饌神で、食事を司るので水とも縁が深いよね。眞名井神社にはそのものずばり天の眞名井があったし、比沼麻奈為神社は羽衣伝説と関係があるでしょう。昔、八人の天女が水浴びをしていて、うちひとりの羽衣を老夫婦が隠してしまい、天に帰れなくなった――」

特別な、水だ。

「うんうん、そう。羽衣を隠された天女の名前がトヨウケビメで、やがて祀られて豊受大神になるんよ。つながるよねえ、あっちこっちの物語が」

美夏が、子どものように弾む足取りで天橋立に足を踏み入れる。

天橋立は、自然に砂が堆積してできた細長い砂嘴《さし》だ。南の智恩寺《ちおんじ》側から北の籠神社側まで、白砂青松が続いている。与謝蕪村《よさぶそん》の句碑や与謝野鉄幹《よさのてっかん》・晶子《あきこ》夫妻の歌碑などが知られる。岩見重太郎仇討《いわみじゅうたろうあだうち》の場とされる碑や、彼が試し斬りをしたとされる大石も残っている。

この天橋立を歩いて、イザナギやイザナミが天界と地上を行き来したのかと思うと、つい微笑みが漏れる。

目指す天橋立神社は、智恩寺寄りの位置にあった。ぶらぶら歩いていると、レンタサイクルに乗った観光客たちがどんどん追い越していく。天橋立神社そのものは、鳥居と拝殿だけの小さなお社だ。

「あ、あれだ。磯清水」

美夏が指さす方向に、屋根のついた井戸のようなものがあった。

「面白いよね。ほんとにすぐそばまで海が迫っているのに、どういうわけか、塩気を含まない真水の湧水なんだよね」

美夏の言葉どおり、井戸の前に立つと、ほんの五十メートルほど先に海岸線が見える。斜めに切った竹の筒口からほとばしり出る水の流れは細いが、勢いがあった。史奈は湧水を指で受け、軽く驚いた。

「――熱い」

「えっ、熱いの？」

美夏も指で水を受け、「ほんとだ」と呟く。

「お湯みたいだね。季節の問題かなあ。今日もまだ暑かったもんね」

――これは、一族の「水」ではないだろうな。

そんな直感がした。一族の「水」は、ひんやりと冷たい水のはずだ。

残念な気がしたが、念のため新しいペットボトルに少しだけ水を頂き、持ち帰ることにした。もともと、「水」探しがすんなり進むとは思っていない。百、二百と「水」を調査しても、その中に探している「水」があるかどうかはわからないのだ。これまでにもいくつか、名水と呼ばれる湧水にたどりついたが、中には崩れ落ちたような水場や、もう涸れてしまった水場もあった。

――本当に、一族の「水」はまだどこかに残っているんだろうか。

多賀の里にあった井戸、あれが最後の「水」だったら、どうすればいいのだろう。

祖母の桐子が早くに亡くなり、史奈が跡を継いだ。すべてが桐子のようにはできない自覚はある。だから、〈ツキ〉として自分にできることを探そうと考えた。

それが、一族に伝わる「水」を再発見することだった。ひいては、先ほどあの男が看破したように、一族のルーツを探る旅でもあった。

――ひょっとして、遅すぎたんだろうか。

どんどん悪い方向にものごとを考えてしまう。自分でも気づかないうちに、唇を嚙《か》んでいた。史奈は静かに首を横に振った。

まだ調査は始まったばかりだ。

4

史奈の目に、丹後はのどかで平和な場所だった。地方の町はどこも似たような雰囲気なのだろうか。歴史のある寺社や城跡があり、歴史上の著名人がいて、地方ならではの名産もある。だが、人口はじわじわ減少しているし、高齢化も進んでいる。

町を歩くと、日本のどこにでもあるスーパーやコンビニ、ドラッグストア、衣料品や家電の量販店、レストランなどの看板が見られる。京丹後を歩いているのに、四年前まで住んでいた滋賀県の多賀を歩いているような錯覚を起こすのもそのせいだ。

史奈が美夏の伯母から借りている部屋は、外に出るとすぐ田んぼが広がっている。生まれ育った里と同じだ。田んぼの中に、住宅が仲良く肩を寄せ合っている。懐かしい気がする。

「榊さんは、いつまでいてくれるの？」

道の駅のアンテナショップで開店前の品出し中に、パートの湯村《ゆむら》が尋ねた。四十代の女性で、店のことには店長なみに詳しい。

「決めてないんですけど、一か月か二か月くらいはいられると嬉しいです」

急ぐ旅ではないが、古文書『梟』に登場する地名や神社は他にもある。中でも丹後の籠神社は本命と見て、じっくり調査を進めているのだが、ここでも目的の水が見つからなければ、次の目的地に進まなければならない。

まずは、東京に送った水の分析結果待ちだ。

昨日は帰宅するとすぐに、再び榊教授に連絡を入れた。本命と考えている眞名井神社の水などを送ったことと、祖父を名乗る男が近づいてきたことを報告するためだ。

榊恭治と名乗る男が接近してきたと話すと、教授は絶句していた。

（私も、榊の〈ツキ〉――お義母さんの夫は、早くに亡くなったと聞いたよ。〈梟〉に詳しいから本当に一族の者かもしれないが、恭治さんだというのは騙《かた》りじゃないか）

彼を「オシサマ」と呼んだ男たちのことも話すと、教授は苦い表情を浮かべた。

（オシサマ――漢字にすると、御師様だろうか。そういう、取り巻きをぞろぞろ連れて歩くタイプの人は、私はどうも好きになれないね。ともかく、何者か調べてみたほうが良さそうだね）

榊の家つき娘である母、希美にも聞いてみると言っていたが、まだ連絡はない。

（おかしな男がうろついているようだし、史奈も身辺に特に注意してほしい）

できればすぐにも丹後に来たいようなことを言っていたが、仕事の都合で身動きが取れないようだ。

「そっかあ。年末年始はまた忙しくなるから、そのころまで榊さんがいてくれると助かるわ。真面目でしっかり働いてくれるもん」

「ほんとやね。しばらくいてほしいね」

もうひとりの永井《ながい》というパートも相槌《あいづち》を打つ。まんざらお世辞でもなさそうな言葉に、史奈は照れて微笑した。こういう言葉には弱い。誰かが自分を必要としてくれている、役に立っているという実感がある。

里が襲撃されたり、殺されかけたり、ハイパー・ウラマというドーピングも許される新競技で命がけの戦いをしたり——これまでの過酷な日々が夢のように思えるほど、ここにはゆったりとした時間が流れている。

（史ちゃん、油断は禁物だ。〈梟〉が目指しているのは平和な世の中だけど、それは努力せず手に入るものじゃないんだよ）

桐子の戒めが脳内で再生される。祖母と暮らした十六年は、あまりに濃密だった。今も、事あるごとに桐子の声が聞こえる。

——そうだよね、ばあちゃん。

昔から、〈梟〉の一族は忍びとして為政者に仕え、独自の能力を発揮してきた。特殊な体質ゆえに生きづらさを抱えた一族が、幸せに生きられる世界を構築するためだ。

そのため一族の者は、幼いころから絶えず心身を鍛え、戦いに備える。平和のために戦える身体をつくるというのは矛盾しているようだけれど、戦えない〈梟〉に平和は訪れないのだと祖母は史奈に教えた。


「湯村さんと永井さんは、ずっとこちらにお住まいなんですか？」

土日や祝日、ゴールデンウィークや夏休みなどは客が多く店も賑《にぎ》わうが、平日はそこまで混雑しない。仕事の合間に、史奈は仕事仲間から地域の情報収集に励んでいる。

「あたしは生まれた時からここやわ。永井さんは大阪から嫁いできたんやね」

湯村がレジの小銭を整理しながら話を振る。史奈は、神社と名水の関係について大学で研究していると彼女たちに説明していて、地元の名水情報も教わるが、本当に聞きたいのは〈狗〉の情報だ。養鶏場の場所や本拠地がわかった。十條が閉じ込められている家も見つけた。あとは、どうすれば〈狗〉を説得して十條を解放してもらえるか。それには、彼らについての情報がもっと必要だ。

彼らは、〈梟〉以上に孤立した生活を送っているようだ。〈狗〉の森山疾風は、以前、奇妙な事情を明かしていた。

いわく、〈狗〉の一族には女性がいない。〈狗〉の特徴は男性にしか発現しない。昔は、気に入った外部の女性を拉致してきて、男の子が生まれれば一族の子とし、女の子は養子に出したり、間引いたりした。母親となった女性とは縁を切って追い出すという、おそろしく悪辣なことをしていたと言っていた。

さすがに、現代でそんな真似はしていないと言い添えていたが――。

昔の話とはいえ、もしもそんな犯罪者集団が身近にいたなら、地域で噂《うわさ》になるはずだ。

「そうそう。この前、榊さんが面白い質問をしてたでしょ。このあたりに忍者が住んでいたと言われる場所はないかって」

湯村が目を輝かせて言った。

一瞬、胸をときめかせ、史奈は頷いた。

「はい。そんな伝承があってもおかしくない雰囲気の土地だなと思いまして――」

「面白そうだから、いろいろ知り合いにも聞いてみたんよ」

史奈がひやりとすることを口にし、湯村は嬉しそうに話し続ける。

「忍者に心当たりのある人はいなかったけど、京丹後にはほら、有名な鬼がいるでしょ」

思わず心臓の鼓動が大きくなる。

「大江山――ですね」

「そうそう、酒呑童子ね。女をさらっては食い殺したり、乱暴を働いたっていうアレ。鬼と忍者は全然違うけど、隠れ住んでいたという点では似てるなあと思ったから」

――鬼か。

森山が語った過去が本当の話だとすれば、それはまさに酒呑童子の物語にも重なる。〈狗〉が排他的な集団になったのは、彼らの外見のせいだろう。満月の日だけ、ホルモンバランスが崩れて急に毛深くなり、まるで狼《おおかみ》のような顔や身体になるのだ。

現代人ならホルモン異常の説明を理解できるだろうが、科学を知らない時代の人々には、その顔貌《かおかたち》が異様に映ったかもしれない。いわれのない差別を受けた可能性もある。結婚できないとか、村八分にされるとか、そういう悲惨な扱いで心に傷を負った可能性は、充分想像できるのだ。

――酒呑童子は、仲間の鬼たちとともに大江山に隠れ住み、時おり都に下りては金銀財宝を盗み、女性をさらった。源頼光《みなもとのよりみつ》らによる討伐隊が結成され、退治された。

史奈が知っているのは、御伽草子などに描かれた、そうした酒呑童子の物語だ。

大江山の所在については諸説あるが、現在の京都府福知山《ふくちやま》市にある大江山がその地として知られており、麓には「日本の鬼の交流博物館」があるほどだ。史奈のいる京丹後市からは、車なら四十分ほどで行ける場所だった。

――大江山の鬼とは、〈狗〉の一族のことだった？

大江山で討たれた酒呑童子一派の残党が逃走し、〈狗〉になった。それが本当なら、彼らの世をすねたような態度や、ワルぶった言動にもそれなりの原因があったわけだ。

「ありがとうございます。とても興味深いです。大江山のことは詳しくないのですが、勉強してみますね」

史奈が頷くと、湯村が目を瞠り、永井と目を合わせて吹き出した。

「――本当に真面目やね、榊さんは。それに大人っぽいよね。私たちのほうがずっと年上なのに、時々、榊さんのほうが年上みたいな錯覚を起こしちゃう」

ショップの自動ドアが開いて、スーツ姿の男性がふたり、入ってきた。いつの間にか開店時刻になっていたようだ。

「いらっしゃいませ」

客に声をかけて、史奈はレジに向かった。

こんな朝早くから、それになんだかふだんの客層と違う。ふたりのうち、ひとりは知っている。道の駅の運営を任されている企業の社員だ。彼はもうひとりの男を案内して、「食のみやこ」や京丹後の名産について説明している。案内されているのは六十歳前後で、銀縁の眼鏡をかけた痩身の男性だ。

説明を聞いているが、本音はあまり関心がなさそうなのが、史奈には見て取れた。義理で社員の説明に付き合っているようだ。

「なんかね、伊根のほうに大きなリゾート施設を建設する計画があるらしいよ。今のはそこの社長さん。天蓮《てんれん》リゾートって会社、聞いたことあれへん？」

時間をかけて売り場を巡ったふたりが見えなくなると、永井がこっそり教えてくれた。

「聞いたことあります──全国各地の空気のきれいな場所で、ホテルや旅館を運営する会社ですよね」

「星がきれいに見えるラグジュアリーなホテル」をコンセプトにしている。

「それそれ。私の友達のつれあいが、市役所で働いてるんよ。去年くらいから、リゾート施設を誘致するために、府と市が共同でいろいろ動いているみたい。前に一度失敗してるはずやけど、インバウンド需要がよっぽど魅力的なんやろね」

湯村も驚いた様子で話に加わる。

「えっ、あの計画、また動きだしたの？　そりゃ、インバウンドのおかげで京都市内のほうは、市バスに乗るのがたいへんなくらい人出がすごいっていうしね。天橋立あたりまでは観光客も来るけど、こっちのほうまではなかなか来てくれへんもんね」

「今の人は視察に来たみたいだけど、実現するかどうかはまだわからんよね」

湯村や永井の言葉には、どこか諦めにも似た感情が滲《にじ》んでいる。

高齢化と少子化による生産年齢人口の減少で、特に地方を中心に人手不足と経済的な衰退が激しい。二〇五〇年までに、全体の四割にあたる自治体で、二十代から三十代までの女性の数が半減し、ますます少子化が進み、やがて自治体そのものが消滅する可能性があると指摘されている。

地方が望みをかけるのは、豊かな自然環境や歴史的・文化的遺産を売りにした観光需要だ。各地がユネスコ文化遺産や自然遺産などの登録に血眼になるのも、そのためだ。たとえば丹後の場合、山陰海岸ジオパークが「ユネスコ世界ジオパーク」に認定されている。

親子連れの客が、かごいっぱいにお土産を詰め込んでレジに並んだ。湯村がレジを打ち、永井が商品を袋に詰める間に、史奈は店頭の什器《じゅうき》に特売の里芋やシイタケを並べに走る。忙しい時期ではないらしいが、店舗が広いので意外に仕事はあった。

この道の駅は、入り口のアーチ左右に土産物のショップがあり、敷地内には収穫体験のできる農園があったり、ヤギや羊を飼育している小さな動物園があったり、レストランが並ぶ区画や子どもの遊び場があったりと、とにかく広大だ。奥にはホテルもある。

史奈自身は、子どものころにそういう場所に連れて行ってもらった記憶はない。〈梟〉の里では、子どもも毎日鍛錬しなければならなかったし、考えてみれば鍛錬が遊びのようなものだった。

だが、広場で元気に走る子どもらを見ると、こちらも楽しくなってくる。

「――おい、史奈」

手を休め、広場の親子連れに目を奪われていた史奈は、背後からかけられた声に驚いて振り向いた。油断していたつもりはないのに、まったく気配を感じなかった。

「森山さん！」

そこにいたのは、腕組みした森山疾風だった。

今日は胸元に正面を向いた狼のイラストが白抜きで描かれた黒いTシャツに、ブラックジーンズを穿いている。ぼさぼさに崩した髪は、試合に出ていたころよりも伸び、数か月会わないうちに、精悍《せいかん》さを増したようだ。

こちらは〈狗〉の本拠地まで探り当てたのだから言えた義理ではないが、自分がここにいることをなぜ知ったのだろう。

「どうしてここが――」

「杉尾が先月、道の駅で〈梟〉のにおいを嗅いだ気がすると言ってはいたんだが、まさかおまえがこんな場所まで来ているとは、誰も思わなかったんだ」

先夜の侵入事件が起きて、道の駅にいるのは史奈だと彼らも気づいたのだろう。

「おまえ、俺の留守中にずいぶん好き勝手な真似をしてくれたらしいな」

森山は仏頂面を隠そうともせず、不機嫌極まりない顔でこちらを睨んでいる。几帳《きちょう》面《めん》な〈梟〉に対し、ずぼらで荒っぽい〈狗〉は性格的にも正反対だ。

史奈は慎重に顎を引いた。

「十條さんを捜してそちらの里に侵入したことなら、たしかに勝手な真似をしたと思う。謝る気はないけど」

口を「へ」の字に曲げたまま、森山が頭をバリバリと掻《か》いた。

「……おまえなあ」

「森山さんは、十條さんがあんなふうに監禁されているのを見て、平気なんですか？」

「はあ？　俺は関係ないやろ。あいつの親父《おやじ》がやってんだから。あれでも長なんやで、あいつの親父は」

「知ってます。だけど、〈狗〉はもっと、自由を尊ぶ人たちなのかと思っていた」

痛いところを突いたようで、森山がさらにむっとした表情になって黙った。

「それより、何か私にご用ですか」

何の用もないのに、会いに来るわけがない。案の定、森山の目が光る。

「そうやな。まず聞くけど、おまえはなんでこんなところにおるんや。彰を捜しに来たわけではないんやろ？」

「十條さんを捜して、連れ帰るために来たんだと言ったら？」

本当の理由はそれだけではないが、史奈が探りを入れるようにそう尋ねると、森山は「ふん」と鼻で笑った。

「違うな。もし、本気で〈梟〉が彰を取り返しに来るなら、もっと大勢で来るやろ。おまえは他に理由があって丹後に来た。彰のことはついでや」

言動が粗暴で態度が軽いので、つい見くびられがちだが、森山は怜悧《れいり》だ。

「他に理由があるとしても、森山さんには関係ない」

「言うなあ、あいかわらず」

森山が鼻の上に皺を寄せた。

「まあ、そういうところが他の女と違ってて面白いねんけどな。——道の駅でバイトするより、俺らと仕事せえへんか？」

「——え？」

意表をつかれた史奈に、森山は慌てた様子で両手を振った。

「変な仕事と違うで。俺たち、ちょっとした調査をやろうとしてるんやが、おまえがこんな近くにおるんなら、手伝ってもらえると助かると思ってな」

「何の調査ですか」

「そいつは、おまえが協力すると決まってから教える。ただ、ひとつだけ言うとく。この調査に、依頼人はおらん。俺ら〈狗〉の存亡に関わることなんや」

——〈狗〉の存亡。

史奈は眉をひそめた。

東京で尾行されたことも、ハイパー・ウラマで激突したことも忘れてはいない。ハイパー・ウラマでの彼らの戦法は卑劣だった。〈狗〉に対して、良いイメージを持っていると言えば嘘《うそ》になる。だが——。

「道の駅のバイトは始めたばかりだし、約束もあるからいい加減に辞めたりはできませんよ。私に頼みたいのは、どんな仕事ですか？　おかしなことなら——」

「いや、〈梟〉の〈ツキ〉に妙な真似して、全面戦争する気はないで。道の駅のバイトは昼間だけやろ。調べたい場所があるんやが、日中より夜間のほうが都合がよくてな。夜と言えば〈梟〉の独擅場《どくせんじょう》やろ」

思わず顔をしかめた。森山が自分をおだてるとは、とんでもない裏がありそうな気がする。うっかり踏み込んじゃだめ——と、心の中で容子《ようこ》が警報を発している。

だが、史奈にも気になることがあった。

「——もし私が協力したら、見返りは？」

「俺らの里に侵入した件、チャラにしたる」

即答だった。森山が傲然と腕組みした。

「——それから、彰の件、俺から長に口をきいたる。少なくとも、おまえが長とじっくり話せるように、場をセッティングする。どや」

森山はいい加減なイメージがあるが、こういう交渉事では信用していいかもしれない。〈狗〉と名乗っているが、彼らは本来、誇り高い〈狼〉だ。ニホンオオカミの孤独なプライドを彼らも抱えている。約束は守るだろう。

——〈狗〉に協力すること、他の〈ツキ〉たちの了解を取るべきだろうか。

迷うところではあったが、事後承諾をお願いするしかない。史奈は決断を迫られていた。十條をあまり長い間ひとりで放置してはいけないと、直感が言っている。

「わかった。協力する」

「そう言うと思ったで」

森山が鋭い犬歯を見せ、にっと笑った。

「詳しいことは後で話そか。ところで――アイツはこっちに来てないのか？」

「アイツ――？」

「ほれ、もうひとりの」

――容子ちゃんのことだ。

森山の態度が妙だった。さりげないそぶりを装っているが、本当は最初から容子のことを聞きたくてしかたがなかったらしい。

「容子ちゃんなら丹後には来てない。容子ちゃんに会いたかったの？」

「べつに――」

森山はふてくされたように唇を尖《とが》らせた。

（どっちか、なんて言える男に興味はない）

容子の言葉を思い出す。初対面の森山は軽いノリで、容子と史奈の容姿を褒め、（どっちか俺とつきあってみん？）などと言ったので、容子がバッサリ斬り捨てたのだ。

「容子ちゃんは、卒業論文を書き終えたら合流すると言ってた。しばらくすれば、こちらに来ると思う」

そうかよ、と気のないそぶりで返した森山の顔に、先ほどと打って変わって隠しきれない喜色が滲んでいる。

——意外と可愛いところがある。

「榊さん、ちょっとレジお願い」

湯村が店内から顔を出し、森山に気づいて「あら」という表情になった。

「すぐ行きます」

史奈が返事すると、森山がニタリと笑いながら後じさった。

「そいじゃな。仕事が終わるころに連絡するわ」

手を振りながら去っていく。

——電話番号も教えてないけど。

不思議だったが、森山があぁ言うなら、きっと何らかの方法で連絡してくるのだろう。

〈狗〉の依頼で仕事をするとは、思いがけないことになったものだ。

5

「おまえ、もう車を手に入れたとはなかなかやるなあ」

道の駅のバイトが終わり、史奈が駐車場に停めた車に近づくと、どこからともなく森山が現れた。

「乗せてってくれ。俺のバイクは、友達に乗って行ってもらったから」

「どこに行けばいい？」

史奈が運転席に乗り込むと、当然のような顔で森山が助手席に滑り込む。

「晩飯食うだろ。うまい店に案内してやるよ」

森山が勝手にナビに住所を入力するのをしり目に、史奈は車を出した。

合宿で免許を取った後、史奈が買った初めての車は中古のハイブリッド車だった。車体の色は濃紺だ。

深夜、運転するなら静かな車がいい。ネットで探して、大阪まで買いに行った。十五万キロ近く走った車だそうで、価格は驚くほど安かった。バッテリーが弱っているようだ。カーナビはついているが、地図が古い。エアコンはあまりきかない。それでも、一応は走る。丹後で乗りつぶすつもりだから、長持ちしなくてもかまわない。

まだ見つけていない水を探すため、毎晩、車で走り回っている。少しずつ丹後の土地勘がついたと思う。

「免許は持ってるけど、俺たちは山の中にいるから基本はバイク移動なんだよな。でも、車があれば便利だな。俺も考えようかな」

森山が、物珍しそうに車内を見回している。

彼が案内したのは、史奈のマンションから徒歩でも行ける日本料理屋だった。店の構えは高級な割烹《かっぽう》のようにも見え、車を停めた史奈が一瞬ひるんでいると、森山が平気な顔で車を降り、入り口に入っていく。

「俺が勧めるのは、美味しくてお財布にやさしい店だって、この前の焼肉でわかったやろ。ま、ここは俺が奢《おご》るから心配すんなって」

Tシャツにジーンズの森山や、似たような服装の自分が気楽に入っていい店なのか——とひるんでいたのが馬鹿らしくなるほど、森山は慣れた態度で「よう」と言いながら入っていく。

混んでいたが、森山はいつの間にか予約を入れていたらしく、店に入ると、優しそうな女性が奥のテーブル席に案内してくれた。

「ここも常連なの？」

半ば呆《あき》れて史奈が尋ねると、奥の席を勧めながら森山が照れたように首を振る。

「いや、常連なんて言えるほど来てないけどな。ここの大将が中学の同級生なんだ」

——そうか。森山も、このあたりで育ったのだ。

第一印象が悪かったので、史奈の〈狗〉に対するイメージはダーティだが、当たり前の二十代男性の顔も持つのだ。

「この後も運転するから、ふたりとも飲み物はノンアルやな」

こまやかに森山が世話を焼いた。彼氏にするとお得だと積極的にアピールするだけあって、女性あしらいは意外なくらい上手だ。

注文をすませると、声を落とした。

「おまえ、俺らの里を突き止めて、侵入したやろ。だからこんなことも話せるようになったんや。今さらやからな」

「──どういうこと？」

「里の場所は秘密なんや。長の家なんか、地図にも載らんような場所や。いったいどうやって見つけた？　──まあ、道の駅で働いてるところを見れば、杉尾の養鶏場が手がかりになったんだろうが」

たしかに〈梟〉も、里に外部の人間が入ることを極端に嫌った。迷い込んだ人間を捕らえたことも、史奈が見聞きしただけでも一度や二度ではすまない。だから卵のパックに顔写真なんか載せるなと言ったのに、と森山はひとしきり文句を垂れた。

「あの土地に、昔からずっと住んでるの？」

「いや──正確にはそういうわけでもない」

〈狗〉は、丹後半島を中心に活動していたが、定住はしていなかったと森山は説明した。

「山を移動し続ける暮らしというか。なにしろ俺ら、満月の夜は見た目がまあまあすごいやろ。たまに他人に見られたりすると、厄介なことになるんや」

人狼《じんろう》を思わせる容貌――たしかに、〈狗〉の特徴は他人を驚かせる。十條は自分の〈狗〉としての容貌にコンプレックスを持っているようだが、森山はそうでもないようで、ユーモアすら感じる言い草でけろりとしている。

「森山さんは、他人に見られたりしたこと、あるの？」

「おお、子どものころなら、あるよ。中学生くらいのときかなあ。俺たち、小学生までは変身しないけど、中学生くらいになると顔が変わるようになるからな。満月の日は人に会わないよう気をつけてるんやが、うっかり友達に見られたんや」

「――それで、どうしたの？」

あっけらかんと話を続ける森山に興味をひかれて尋ねる。

「振り向いたら友達がびっくりして大声で悲鳴を上げたから、『アホ、お面や！』って言ったら信じたで。『接着剤でつけたら取れへん』ってな。めっちゃ笑われたわ」

こういうところが森山なのだろう。

機転がきくし、冗談にしてしまえる。常日頃の性格もあって、周囲もそれを信じて面白がってくれる。

「まだみんながスマホを持ってないころやったから良かったけど、持ってたら今ごろ、満月の〈狗〉の写真がＳＮＳに出まわっとるわ」

憮然《ぶぜん》としているが、これも半分は冗談めかしているのだ。

「お待たせしました！」

お造りやカキフライ、白子の天ぷらに寿司《すし》と、テーブルに載るか心配になるくらいのご馳走が並ぶと、森山は「まず食べよか」と満面の笑みを浮かべて箸を取った。森山が勧めるだけあってどれも美味しくてボリュームがあり、史奈も遠慮なく箸を進めた。眠らず二十四時間動き続けるためか、史奈も食欲で森山に負ける気がしない。食べなければ動けない。食べることは生きることだ。

「俺たちの一族が初めて戸籍を手に入れたのは、終戦後だ。大きな声では言えないが、戦後のどさくさに紛れて他人に成りすまし、戸籍を持った」

しばらく黙々と食べ、腹がくちくなると、ようやく森山が重い口を開いた。

江戸時代には、今の戸籍簿とよく似た宗門人別帳というものが作成されていた。農民、町人、すべての民衆が寺院の檀家《だんか》となり、戸口を幕藩に管理されていたのだ。年貢を納める時も、冠婚葬祭や遠方に旅に出る時も、みんな宗門の管理下にあった。

〈狗〉は、その中に含まれなかった。

「だいたい俺たち、仏教に興味ねえし」

「でも――どうやって暮らしていたの？　田畑があれば見つかったでしょう」

「そもそも土地がなかったからな。適当な山の中に、掘っ立て小屋を掛けて寝るんや。

そりゃもう、貧相な木切れと筵《むしろ》の即席の小屋だったらしいけど。で、〈狗〉の噂を聞いた、ヤバい連中の仕事を請け負っていた」

森山は口を濁したが、江戸時代の彼らは、忍びというより盗賊団に近かったようだ。そんな状態で、まともな仕事にありつけたとは思えない。

〈狗〉には女性がいないし、女の赤ちゃんが生まれても間引くか養子に出すと言っていたが、そもそも、その生活についていける女性がなかなかいなかったのかもしれない。話を聞けば、主《あるじ》を持ち甲賀《こうか》忍びとして活躍の場を与えられた〈梟〉より、彼らはずっと過酷な闇の世界にいたようだ。

「終戦後に、このままでは一族が立ちゆかなくなると危ぶんで、戸籍を手に入れる方法を考えだしたのが、十條孝蔵《こうぞう》——先日亡くなった前の長の父親だ。今の長の祖父だな」

空襲で、日本のあちこちが焼け野原になった。一家が全滅する悲劇に見舞われたケースも、少なくない。〈狗〉はどさくさに紛れて、そういう家の誰かに成りすました。そうして名前と戸籍を得たのだ。だから、彼らは本来、丹後で活動していたにもかかわらず、東京出身だったり大阪や神戸出身だったりと、戸籍上は妙なことになっているそうだ。十條だの、森山だのという姓も、いわば借り物なのだという。

土地や財産などなかったが、終戦直後は日本中にそんな人間があふれていた。混乱した世の中を生き抜くのは、〈狗〉の得意技だ。闇市の商売など、独擅場といってもよかった。

戸籍を得た〈狗〉は、いろんなやり方で荒稼ぎを始め、稼いだ金で丹後の山中に土地を買った。山を開拓し、生活の基盤を構築していった。あの土地は、他人から見れば貧しい集落だろうが、一族が戦後、三代かけて必死でつかみとった財産なのだ。

戸籍を得て、飛躍的に向上したことがある。子どもらが学校に行けるようになったのだ。十條彰のように研究者になる人間が出てきたのも、学校に行けたからこそだ。

「ま、俺なんかは勉強嫌いだから、高校をさっさとドロップアウトして、あとは身体で稼いでるけどな」

森山はそうしめくくり、愉快そうに笑った。

史奈は、〈狗〉の過去を複雑な思いで聞いていた。他人の戸籍を乗っ取るなんて、おぞましい――とも思える。だが、そうするしかないほど彼らは追い詰められてきたのだ。

自分たち〈梟〉も貧しい集落だったが、それでも彼らに比べれば、ずっと恵まれていた。〈梟〉は常に、そこに存在した。〈狗〉は、どこにも存在しなかったのだ。

彼ら自身がその生き方を選択した――と言えなくもないが、好んで選んだ道でもなかっただろう。

「〈狗〉の歴史はわかった。それで、存亡に関わると言っていたのは――」

「俺たちの土地の話や」

森山が真顔になる。

「伊根に、新しいリゾート施設を建設する話が持ち上がっているのは知ってるか？」

今朝、道の駅に現れた男たちを思い出す。永井が、あれはリゾート建設のため、各地を視察しているのだと言っていた。

「やつら、どうやら俺たちの土地を狙ってるらしいんや」

「〈狗〉の本拠地を？」

驚いて聞き返した。だがあの土地は、あまりに山深く霧が濃い。交通の便も悪く、リゾート地のイメージとはかけ離れている。

「丹後にリゾート地を作る話は、バブルのころから出たり消えたりしてるらしいけどな。そもそも、丹後は舞鶴《まいづる》から天橋立、伊根に久美浜《くみはま》に大江山にジオパークにと観光資源には事欠かない。だけど、それぞれの集客力はまだまだ伸びる余地がある。もうひとつ、客を呼べる施設を作ろうという計画らしいんや。ところが、その広大な予定地に、どういうわけかすっぽりと俺らの土地が収まってる」

ある日、新聞で突然、新規リゾート計画について知らされ、寝耳に水の状態で予定地の地図を見たのだと森山は言った。

「俺らは土地を売る気はない。価格を上乗せされたところで、次に俺らが住むのに適した場所が見つかるとは思えない。あの土地は、爺《じい》さんたちが苦労してやっとこさ作り上げた、〈狗〉の隠れ里なんや」

〈狗〉は、なるべく外部との接触を断ちたい。現在の場所は、何から何までおあつらえ向きで、かなり広い範囲にわたって一帯を〈狗〉が買い上げているのだそうだ。

「俺らの嗅覚が鋭いのは知っとるやろ。都会に出ると、大勢の人間の体臭や化粧品や制汗剤やシャンプーや――あらゆる臭いが混じりあうから、とんでもない悪臭を嗅がされて死にそうになるんや。俺らにとって〈狗〉の里は、自然豊かで俺たち以外の人間もおらず、気持ちよく過ごせる楽園なんや」

なるほど――と史奈は頷いた。特殊な嗅覚を持つ〈狗〉ならではの悩みだ。

彼らの姑息《こそく》な仕事ぶりや、態度の悪さなどはあまり好きではない。だが、同じように特殊能力を持って生まれた一族として、彼らがようやく手に入れた安住の地にしがみつく気持ちは、理解できた。いや、自分たちにしか理解できないと思った。

「でも――それなら、土地を売らない手もあるのでは？」

日本は法治国家だ。売りたくないと言うものを、無理やり売らせることはできない。過去には地上げ屋があの手この手で嫌がらせを繰り返し、売りたくない地主から強引に買うこともあったそうだ。だが、〈狗〉ならそういう連中を黙らせるのは得意だろう。

森山が頷いた。

「もちろんそうや。俺たちは、あの土地を手放す気はない。だけど、ひとつ問題がある。

俺たち、水源の土地を手に入れてないんや」

「水源――」

「あの土地には水道を引いてない。電気は引いたけどな。裏の山から、湧水を勝手にパイプで引いてるんや」

その裏山が、他人の土地なのだと森山は言って苦笑した。

「こんなことになるとわかってれば、爺さんたちも必死になってその水源地を買おうとしたはずやけどな。肝心なところでけち臭い真似をしたのが運のつきや。裏山はすでに、元の持ち主がリゾート開発の会社に売ったらしい。俺たちが土地を売らないと言ったら、やつらはきっと、俺たちを追い出すために水源を止めるだろうな」

「なら、井戸を掘るとか――」

「もちろん、やってみたで。だけど、俺たちの土地から水は出なかったんや。井戸を一本掘るにも、けっこうな金がかかるしな」

「水道を引いたら？」

「あいつらは俺たちの土地を売らせたいから、水道を引く申請を許可しないように手を回すやろうな」

なるほど、聞いてみれば八方ふさがりだ。

「でも――なんとかするつもりでしょう」

「そうだよ。それで、おまえに協力を頼みたい。〈梟〉は知恵者らしいからな」

森山は、にっと唇を横に引いた。

「府や市のラブコールに応えて、リゾート建設を引き受けたのは、天蓮リゾートという東京の企業や。すでに、社長を始め、リゾート計画の主だったメンツが丹後入りしている。コテージをひとつ借り上げて、関係者が滞在してるんや。俺らはそこに侵入して、やつらの計画を調べてみた」

侵入と調査なら〈狗〉も得意だろう。

「まずは、計画に参加している主な人間」

森山はスマホを取り出し、写真を表示させてテーブルに置いた。コテージから出てくる六十歳前後の銀縁眼鏡をかけた男性の写真だ。見覚えがあった。今日、道の駅を視察していた男だ。

「こいつが天蓮リゾート社長の小金沢良則《こがねざわよしのり》。小金沢家は代々、鬼怒川《きぬがわ》で温泉宿をやっていたが、バブル崩壊後に宿泊客激減で倒産しかけてな。おまけに当時の社長が脳梗塞を起こして、会社を畳むかどうかの瀬戸際、息子に代替わりしたのが三十年ほど前や。ところが、こいつが思わぬ経営手腕を発揮した。既存の観光地とは一線を画し、空気がきれいで星が見える自然環境を選んで、観光ホテルを建てた。インターネットやSNS中心の宣伝があたり、あっという間に人気ホテルだ。今や全国各地に十四軒のホテルや旅館を持つ」

「それはすごい」

今朝見かけた男性は、そんなに腕利きの経営者だったのか。だが、疑問も残る。倒産間際の温泉宿のオーナーが、急に経営を立て直して各地で人気ホテルを展開した。そのための資金はどこから出たのだろう。

森山は次の写真を見せた。四十代前後の、細面の男性だ。こちらもコテージから出てきたところを撮影したらしく、木製のパイプをくわえ、テンガロンハットに手をかけている。

「こいつは建築家の蒲郡冬《がまごおりとう》。天蓮リゾートのホテルは、ほとんどこの男が設計している。東京出身で、東京に事務所を構えている。いつも、新しいホテルを建てるって時には、小金沢社長と一緒に現地を回り、建設予定地の視察なんかをするらしいぞ」

なんとなく見覚えがあったのは、新聞などで写真入りで取り上げられているのを目にしたことがあるからだ。

「あとは天蓮リゾートの財務部長が一緒に宿泊してるのと、若手社員がふたり交代でコテージに来て、幹部の世話を焼いてる。車の運転とかな。若い連中は、別にホテルを取ってるようだ。三日くらいコテージの出入りを見張って、誰もいない時に一度、内部にも侵入して探ってみた。だけど、たいした情報は得られなかった。リゾート施設の建設予定地は、俺たちの山以外にも何か所かありそうだってのはわかったけどな。――そんなとこだ」

史奈は森山が撮影した写真に視線を落とした。問題は、なぜ彼らがよりにもよって、〈狗〉の土地を建設予定地に選んだかということだ。

「〈狗〉と天蓮リゾートの間に因縁はないの？　昔、仕事をしたとか、遺恨があるとか――」

「ねえよ」

森山は唇を曲げて肩をすくめた。

「長にも聞いたが、天蓮リゾートとの関わりはない。仕事を請け負ったこともない」

「――そう」

だが、〈狗〉が気づいていない理由が、きっとあるのだ。自然が豊かだとはいえ、まともな道もないような山奥に、偶然、リゾート会社が目をつけるとは思えない。

――その理由を、調べなければ。

「ま、俺たち、何かをぶんどってくるとか誰かをたたきのめすとか、荒っぽい仕事は得意だが、地味な調査はあんまり得意じゃない」

森山は、そこで皮肉に唇を歪《ゆが》めた。

「言うとくが、俺だって好きで〈梟〉に協力を頼むわけやない」

——そんなのはこちらも同じだ。

「私も、好きで〈狗〉に協力するわけじゃない。そっちの偏屈な長と、まともに話し合う場が欲しいだけ」

「おまえ、だんだん『もうひとり』のほうに似てきたな——」

顔をしかめた森山が、史奈の顔に自分の顔を近づけた。間近で見ると、カミソリ負けなのか、肌が荒れている。

「ええやろ。この協力は、地域限定・期間限定や。馴《な》れ合う気はない。お互いの目的のために、ちょっと手を貸すだけや」

「わかった」

史奈も頷いた。

森山を信用してはいない。

東京ではいろいろあった。〈狗〉が敵方に雇われ、〈梟〉の氏名や住所を調べ上げて敵に渡したこともあった。あれには大迷惑をこうむった。かんたんに許せることではない。だが、〈狗〉の一族は敵に回せば厄介だが、味方につけることができれば心強い。今回、彼らに協力しながら、〈狗〉について情報収集できるならラッキーだ。

「そうと決まれば、今後の計画を立てようぜ。なるべく早く情報を入手したいんだ」

森山の言葉の端々に焦りを感じる。ひょっとすると、すでに土地の売買交渉が始まっているのかもしれない。

「わかった。でも、まずはこちらでも相手について調べるところから始めたい。事前準備に丸一日は欲しい」

史奈の言葉に、森山は頷いた。

「了解だ。つまり、明日の夜にもう一度集まるってことだな」

「そう。先に、先方が借りているコテージの場所を教えてもらえない？　こちらでも情報を集められるようなら、集めておくから」

ほんの一瞬、森山が迷うのがわかった。

――〈梟〉に出し抜かれるのではないか。

そんなことを疑ったのかもしれない。だが、その逡巡《しゆんじゆん》は短かった。

「何かわかったら教えてくれ」

森山は卓上を見回し、店のアンケート用紙を一枚取って、その裏に住所をメモしてよこした。案外、整った文字だった。

そうと決まれば、と呟いた森山は、店の女性を呼んで、飲み物の追加を頼んだ。

「地域限定・期間限定でも、休戦は休戦や。よろしゅう頼むで」

ノンアルコールビールがなみなみと注《つ》がれたグラスのふちをコツンと合わせ、森山がにっと笑顔を見せた。

6

『冗談でしょ？　あの〈狗〉に協力するの？　あの無礼で下品な森山に？』

容子の声が尖っている。

「やめてよ容子ちゃん、しかたないじゃない。協力したら、十條さんの今後について話し合う場を用意してくれるって言うんだから」

スマホの小さな画面でも、彼女の不機嫌は充分伝わる。眉間に皺を寄せた容子が、唇を「へ」の字に歪めた。

『何言ってるの、史ちゃん！　十條さんって、史ちゃんより八つも年上の、いい大人なのよ。家族の問題なんだから、放っておけばいいじゃない。どうして史ちゃんが、十條さんのためにそこまでしなきゃいけないの』

「そりゃそうだけど――」

容子も、教授と同じことを言う。

もちろん、十條彰は立派な大人だし、史奈に助けを求めてきたわけでもない。彼が監禁されているのは〈狗〉内部の問題で、それに〈梟〉が口を出すのは間違っている――そう言われれば、そのとおりかもしれない。

――だが。

「満月の夜に、十條さんが〈狗〉の姿になったのを、篠田《しのだ》さんと一緒に偶然見てしまったことがあって。その後もふつうに接していたら、あらたまって十條さんからお礼を言われたの。当たり前の態度を取っていただけなのに――あの時から、何かあったらできる限りのことはしようと思っていたの」

やれやれと言いたげに容子が頭《かぶり》を振った。

『――史ちゃん、そういうのって史ちゃんが優しいからだとは思うけど、史ちゃんが責任を持つのは〈梟〉だけでいいのよ』

容子の言葉はもっともだが、クールすぎる。少なくとも十條は、家族とまでは言わなくとも、友人には違いない。友人をあんな環境に捨てておくなんてできなかった。

日本料理の店を出た後、森山疾風は史奈の部屋で作戦会議の続きをしようと誘ったが、それは断った。女性ひとりの部屋に上げるのはさすがに嫌だったし、さっそく今夜から調査を始めたかったからだ。

天蓮リゾートの調査には、容子の手を借りたかった。彼女の調査能力の高さは、ハイパー・ウラマの背後関係を暴いた際に実証されている。

そんなわけで、翌日の集合場所を決めると、仲間にバイクで迎えに来てもらうという森山と別れたのだ。史奈は車でマンションまで帰り、すぐ容子に連絡を取った。もうじき日付が変わるというころだった。

「そんなわけで容子ちゃん、卒論を書いてる最中に申し訳ないんだけど――」

容子がため息をついた。

『卒論はもう書き上げた。指導教官のＯＫが出たら、合流しようと思っていたところ。やめたほうがいいと言っても、史ちゃんのことだから、ひとりで調査するんでしょう』

彼女はスマホでビデオ通話をしながら、パソコンを立ち上げたようだ。史奈も手元のパソコンをいつでも見られる状態にしている。

「こっちに来てくれるの？　ありがとう」

『まずは天蓮リゾートの基本情報ね。詳細なホームページがあるし――でも、まだ丹後のリゾート計画のことは載ってない』

「会社のホームページは私も見てみたの。天蓮リゾートの社長もこっちに来ている。この小金沢という人」

「社長あいさつ」のページには、小金沢社長の顔写真も掲載されている。写真のほうが、実物よりも上品で穏やかな印象だ。

『天蓮リゾートと小金沢社長の評判を検索すると、ネットでは毀誉褒貶《きよほうへん》ってところね。経営者としての手腕を持ち上げる人がいるかと思えば、偽善者認定する人もいるし。ネットの評価なんて、当てにはならないけどね』

ふたりで各種のSNSを検索し、天蓮リゾートの広報アカウントや社員のアカウントなどを探してみた。小金沢社長ら経営陣は、ネットでは情報発信していない。広報アカウントも、ホテルやリゾート施設からのお知らせなど一般的なものがほとんどだ。ホテルの内装やリゾート地の景観が美しく見栄《みば》えがするからか、広報アカウントのフォロワーは多い。

「森山さんから小金沢社長の経歴を聞いて、ちょっと不思議に感じたの。いっきに十四軒ものホテルを建てた資金って、どこから出たんだろう。倒産しかけている温泉宿の経営者に、そんなお金を貸す銀行なんてある？」

『そうね。お金の動きは、いつだって手がかりになるものね』

容子はしばらくキーボードをたたいていたが、首をかしげた。

『天蓮リゾートの資金調達について情報がないか調べてみたけど、昔の話すぎてわからないね。現在の天蓮リゾートになら銀行だって喜んでお金を貸すだろうけど、問題は三十年前だもんね』

「うん――」

ネットには、最近の情報ならあふれんばかりに掲載されているが、昔の情報はあるとは限らない。特に、一般にインターネットが普及する前の情報量は少ない。

『三十年前の件はあらためて調べましょう。ところで、ちょっと妙なものを見つけた』

容子が写真投稿サイトを開いて見せた。

『この人、月に何回も天蓮リゾートの施設がある場所を巡ってる。社員かどうかはわからないけど、今ちょうど丹後に来ているみたい』

「リゾート開発計画に関わってる可能性があるということ？」

イチオクという名前のアカウントだ。

美しい景色や旅先の珍しい食べ物を紹介する投稿が多く、フォロワーは天蓮リゾートの広報アカウントより多い。時おり友人知人との飲み会の写真を投稿しており、中には俳優やアスリートなど著名人も交じっている。

昨日の夜、『籠神社にお参りしました！』という短いキャプションとともに、鳥居の写真を投稿している。写真にはすでに、たくさんの「いいね」がついていた。

史奈が籠神社を参拝したのも昨日だ。

祖父を名乗った男性の顔が脳裏をよぎる。

「容子ちゃん——まだ話してなかったけど」

籠神社の境内で不審な男性に会ったこと、相手が榊恭治と名乗り、死んだはずの祖父だと言ったことなどを話すと、容子の表情がけわしくなった。榊教授も、昨日の今日でまだ容子に話していなかったようだ。

『そんな大事なこと、早く言ってよ。史奈のおじいさんは亡くなったと私も思ってた。

だけど、誰に聞いたわけでもないから、ただの思い込みだったのかもしれない』

「あの人が本当に祖父――榊恭治かどうかは怪しいと思う。父さんも、亡くなったと聞いていたみたいだし。だけど、榊恭治と名乗る男と私、それにこのアカウント――イチオクが、三人とも昨日、籠神社にいたのは偶然とは思えない」

『榊恭治と名乗った男が、イチオクと同一人物だということもありえるね。あるいはふたりは知り合いで、一緒に丹後へ来たのかもしれないし』

容子が考え込むように言った。

「なら、丹後のリゾート計画に、『榊恭治』が絡んでいる可能性もあるってこと？」

そう呟いて、史奈はハッとした。

「天蓮リゾートの予定地には、〈狗〉の里が含まれていた。〈狗〉の里は私も侵入したから知っているけど、山深い場所にあって、交通の便が悪いの。リゾート地のイメージからは遠いから、どうしてあんな場所を選んだのかと不思議に思っていたけど――」

『そこが〈狗〉の本拠地だと知る者が、何かの意図があって、リゾート計画に含めるように勧めた？』

だとしたら、まるでその何者かは、リゾート計画を利用して〈狗〉に嫌がらせをしているかのようだ。もしそれが〈梟〉の関係者なら、下手をすれば〈狗〉との関係が悪化する恐れもある。

「他人事《ひとごと》ではなくなってきたね」

あくまで、〈狗〉に依頼されて調査に協力するつもりだったが、事情が変わった。

「まず、榊恭治と名乗った男性の正体を調査すべきだよね。天蓮リゾートとの関係も」

『まだほとんど推測にすぎないけど――史ちゃんの言うとおりだね。とにかく、おかしなことが起きているようだから、私もすぐ車でそっちに向かう。七時間以上かかるみたいだけど、朝には合流するから。ひとりで無理に動かないで、待っていて』

「わかった。待ってる」

『それから、森山にはまだ何も言わないでね。明日の夜、驚かせましょう』

詳しい話を保留するのは、場合によっては〈狗〉と〈梟〉が決定的に敵対関係に陥る可能性があるからだろうが、「驚かせる」という容子の言葉には、どこか浮き立つような気分も滲んでいた。下品だとか無礼だとか、容子は森山に手厳しいが、どうかした拍子に、実はけっこう気に入っているんじゃないかと思うことがある。

明日、道の駅のバイトは休みなので、そのまま調査に出ることを念頭に、東京から持ってきてもらうものや、合流場所を決めて、通話を終えた。容子のことだから、高速道路をカーレースみたいに飛ばしてくるだろう。陸上競技の遠征で旅慣れているから、旅行の支度も早い。朝には合流するという言葉に間違いはないだろう。

――天蓮リゾートと榊恭治。

あの男は「オシサマ」と呼ばれていた。師匠という意味だろうか。スーツ姿の三人はボディガードだと思ったが、武術の弟子でも違和感はない。彼が本当に〈梟〉の出身なら、武術はマスターしているはずだ。

史奈は「榊恭治」という名前や、「榊恭治」と「御師様」という組み合わせで検索してみたが、それらしいものはヒットしなかった。

ついでに、榊教授から連絡が来ていないかとスマホをチェックしたが、何もなかった。催促するのも業腹だ。

もうひとり、史奈がやきもきしながら連絡を待つ相手がいる。農家の手伝いをしながら農業を学んでいる恋人、篠田俊夫《としお》だ。

今は農繁期なので同行できないが、十一月になれば仕事を休んで史奈に合流すると言っていた。こちらに来てから毎日、スマホでメッセージをやりとりしたり、電話したりしていたが、なぜか二日前からぴたりと連絡が途絶えている。

仕事が忙しいのならかまわないのだが、病気や、慣れない農作業で問題が起きていないか心配だ。

篠田の声を聞きたかったが、時計を見ると午前一時近いので諦めた。篠田は一族ではなく、ふつうの「眠る人」だ。こちらの都合で深夜に電話するなんて、迷惑だろう。

「時間のあるときに連絡してね」

メッセージなら許されるだろうと送ってみたが、もう寝ているのか既読もつかなかった。

7

「史ちゃん、免許取ったんだ」

籠神社の近くにある、二十四時間営業のコインパーキングに車を停めると、先に来ていた容子が笑顔を見せた。

「丹後で動くなら車があったほうがいいと思って」

頷く容子が乗ってきたのは、ホットハッチなどとも呼ばれる、コンパクトカーに高性能なエンジンを搭載したタイプの国産車だ。見た目は小型車だが、レースなどの競技用に開発されたベースを使用しているそうだ。容子らしい選択だった。

「容子ちゃんも車を買ったの？」

「うん、結局、アテナとの契約金で私も買っちゃった」

容子がいたずらっぽく肩をすくめる。「私も」と言ったのは、以前、兄の諒一《りょういち》が契約金で真っ赤なスポーツカーを購入したのを咎《とが》めた経緯があったからだろう。

「諒一はいま、アテナ陸上チームの一員として海外遠征中なんだ。知らせておいたから、帰国したらこっちに来るかもしれないけど」

　ビデオ通話で話したとおり、彼女は朝の八時には丹後に到着していた。論文を提出した教授には、親戚が急病なので関西に行くと連絡したそうだ。朝食は来る途中にすませたらしく、それより話の続きが気になるようだった。

　リゾート計画の関係者が宿泊するコテージは、丹後半島の北東の先にある伊根町にある。海に面した一階が舟のガレージになる、「舟屋《ふなや》」という独特の建築が並ぶ、「伊根の舟屋」で有名な地域だ。

　そのほかにも丹後大仏や棚田、浦嶋神社など多くの観光スポットがあり、リゾート計画の関係者がアイデアを練るのにぴったりな場所なのだろう。

「とりあえず、問題のコテージを見に行きましょうか」

「容子ちゃんの車で行っていい？　私の車は、籠神社で榊恭治という人に見られたから、もし彼がコテージにいたりしたら――」

「なるほど、その可能性もあるわけね」

　容子は頷き、さっさと自分の車の運転席に乗り込んだ。彼女も運転が好きだし、新車に乗るのが楽しいに違いない。

　丹後を走るのは初めてだというが、的確な運転で伊根への道を進む。

「諒一や、堂森《どうもり》の明乃《あきの》さんにも聞いてみたけど、榊恭治――史ちゃんのおじいさんは亡くなったはずだと言ってた。明乃さんは希美さんと年齢が近いから、恭治さんが亡くなったころは二歳か三歳くらいだったらしい。だから実際に見たわけじゃないけど、先代の榊の〈ツキ〉が、恭治さんのお位牌《いはい》の前に希美さんを座らせて、毎日挨拶させてたって」

言われて思い出した。たしかに榊家の古い仏壇には、祖父・恭治の位牌もあった。お墓もあったので、史奈は祖父の死を疑ったことなどなかった。

「どうして亡くなったんだろう。母さんや明乃さんが二、三歳ってことは、恭治さんはまだ若かったはずだよね」

「四十年以上も昔のことだけど、たしかに誰も事情を知らないって変だね」

祖母の桐子と同年代の一族なら、ある程度まで事情を知っているはずだ。だが、最後まで里に残っていた一族は、今は各地に散り散りになっている。連絡は取れても、高齢で会話が通じにくい者も多い。

「今ごろになって史ちゃんに近づいてくるなんて、怪しすぎる。うちの両親は珍しく海外旅行中だけど、戻ってきたら聞いてみるから」

「うん。――ありがとう、容子ちゃん」

もともと容子は、史奈がひとりで一族のルーツを探す旅に出ることに反対していた。そこに〈狗〉の森山からの協力依頼だ。きっといい顔をしないと思っていたのに、積極的に協力してくれるのが心強い。

いいの、と容子が視線を前方に据えたまま言った。

「ずっと、ハイパー・ウラマが気になっていた。あれは変な競技よね。ドーピングを推奨することで、道徳とか規律とか、人間の良い面を壊すようなところがある。日本での今年の開催はあんな形で終わったので、国内ではもうほとんど話題にならないけど、海外では今も派手に競技大会が開催されているみたい。なんだかんだ言って来年また、日本大会があるかもしれないしね。あの大会の後で、史ちゃんの死んだはずのおじいさんを名乗る人が現れるなんて、不自然じゃない？」

「あの人が、ハイパー・ウラマと関係しているかもしれないってこと？」

「わからないけど。あの大会で史ちゃんは顔を隠していたけど、諒一や私と一緒に戦った。一族の人間なら、ルナの正体に気づいたと思う。榊の〈ツキ〉の孫娘が健在だと知った誰かが、下心を抱いて史ちゃんに接触した――そうとも考えられる」

「『榊桐子の孫娘』に、価値を見出《みいだ》す人がいるってこと？」

言いながら史奈は少し顔をしかめた。

桐子ばあちゃんの孫として生まれ育ったことは誇らしいが、こんなときは少々荷が重いと感じる。

「榊の〈ツキ〉は一族だけでなく、外の世界にも知られていたのかもね。どういう事情があったのかは、私たちは早くに里を下りたから、よく知らないけど」

——自分がばあちゃんの代わりに背負ったものは、何だったのだろう。

史奈にとって、祖母は物知りで何でもできて、厳しいけれど従っていれば間違いないと思える人だった。そうかんたんに追いつけるとは思わないが、もっといろいろ聞いておけば良かったと後悔している。

籠神社から伊根のコテージまでは、車で二十分ほどだ。史奈はスマホを確認した。

——まだ連絡がない。

榊教授からもだが——篠田から返信がない。

連絡が取れなくなって、もうすぐ丸三日になる。さすがに何かあったのではないかと不安だった。

朝八時半を過ぎているので、もう電話してもかまわないだろう。そう考え、容子に断って篠田に電話してみた。

『——おかけになった電話は、電源が入っていないか、電波の届かない場所にあるためかかりません』

人工的な女性の音声でメッセージが流れ、史奈は茫然《ぼうぜん》としつつ通話を切った。スマホの充電を忘れるくらい忙しいのだろうか。あるいは、電波が届かないどこかに、この三日ずっといるのだろうか。

——そんなこと、ありうる？

　何かおかしい。ぜったい、変だ。知り合ってから四年半ほどになるが、こんなことは今まで一度もなかった。

　急な病気、不慮の事故——悪い想像が頭の中をぐるぐると回り始める。

　最後のメッセージは、今はコメの脱穀をやっているという内容だった。あと一週間もすれば自分が任された作業が終わるので、農作業を手伝いながら仕事を教えてもらっている農家の橋田《はしだ》さんの許可をもらって、自分も丹後に行くと言っていた。

　——どうしたんだろう。

　なんとかして連絡を取りたいが、篠田の連絡先はこのスマホの番号とメッセージの送信先しか知らない。橋田さんの連絡先も聞いていない。

「どうしたの？　史ちゃん」

　様子がおかしいと気づいたのか、容子が尋ねた。事情を話すと容子も顔をしかめた。

「教授に電話してみたら？　なんだかんだ言って、東京で起きてることはよく知ってるみたいよ」

「——そうだね」

　篠田のことで榊教授に電話するのは、少々気が重い。だが、背に腹は代えられない。

『どうしたんだね、史奈。珍しいね、電話をかけてくるなんて』

「急にすみません。篠田さんと、ここ三日くらい連絡が取れなくて。心配しているんですが、橋田さんの連絡先とか、聞いていませんか」

父親が、過去に篠田の身辺調査をしたことは知っている。篠田が元警察官だったこと、警察を退職した理由は不明で、その後、背景の不穏な警備会社に就職したことなど、父が直接、篠田に事情を尋ねていた。

榊教授は、ちょっと息を呑《の》んだ。

『――すまない、史奈。実は昨晩、橋田さんから私のところに連絡があってね』

「橋田さんから?」

『うん――。篠田君は、都内で発生したある事件に関与した疑いで、警察で事情を聴取されているそうだ。私たちも心配している』

青天の霹靂《へきれき》とは、こういう瞬間を言うのだろう。史奈は唇を嚙んだ。

『君に知らせるべきか迷ったが、篠田君は、君には自分の口から話したいんじゃないかと思ってね』

「どういう事件なんでしょう。まず父さんに連絡が入るなんて、いったいどうして――」

事件という言葉が出たので、容子が運転しながら耳をそばだてるのが感じ取れた。

『何の事件かは警察が教えてくれないそうだ。篠田君は、自分に何かあったら私に連絡してほしいと伝えていたそうだよ。君はまだ若いし、直接連絡が行くと驚かせると思ったんじゃないかな』

――それだけだろうか。

史奈の前に、教授に連絡しなければならない理由が、何かあったのだろうか。

『史奈、君はしっかりしているから大丈夫だと思うが、冷静に聞いてくれ。篠田君は逮捕されたわけじゃない。任意の事情聴取を受けているだけだ』

「三日もですか？　連絡が取れなくなって、もうすぐ三日になるのに――」

『心配いらない。橋田さんからの連絡を受けて、これから警視庁に問い合わせるところなんだ。知ったのが昨日の夜だったから、動けなくてね。必要なら弁護士もつけるから、史奈は心配しなくていいよ』

驚くことばかりだが、丹後にいる自分にできることはなかった。何が起きているのか不明だが、教授にすべてを託すしかない。

「何かわかったら教えてください――」

通話を終えた後で、驚きのあまり、祖父について母の希美がどう言っていたか、教授に確認するのを忘れていたことに気づいた。とはいえ、かけ直す気にはなれなかった。

篠田には、秘密がある。

それは以前、教授が篠田に警察を退職した理由を尋ね、篠田が沈黙した時、うすうす気づいていた。問題はそれが、犯罪に類することなのかどうかだ。

「どうだった?」

容子に会話の内容を説明すると、彼女はしばらく何か考えているようだった。

「篠田さんも、不思議な人ね。村雨《むらさめ》の——西垣《にしがき》警備保障の警備員だったし、元警察官なわけでしょ。いつの間にか史ちゃんの心を捕まえていたけど」

「捕まえていたって——」

「あのね、史ちゃん。誤解しないでね。私はむしろ、史ちゃんはいい人を見つけたと思ってた。年上すぎるけど、史ちゃんの精神年齢なら、同年代の男性は幼く感じるかもしれない。篠田さんは、出会いは最悪だったけど、史ちゃんを命がけで守ってくれた。農業を勉強し始めたのも、地に足がついた感じで好ましいと思った。だけど、考えてみれば私は篠田さんのことをよく知らない。史ちゃんはどう?」

史奈は困惑し、黙り込んだ。

知っている、つもりだった。篠田の現在と、彼が見据えている未来を知っていたから。里の襲撃事件では、容子が言ったとおり、自分を命がけで助けてくれたから。

だが、たしかに過去は知らない。教授が依頼した篠田の身辺調査も、内容は聞いていない。かろうじて、元警察官だと知ったのみだ。

「過去なんて、関係ないと思っていた。大事なのは、未来だと思ったから」

でも、その過去が未来に影響を及ぼそうとしているのなら、見過ごせない。

「篠田さんに、今度こそ聞いてみる。何が篠田さんを困らせているのか」

「――そうね」

伊根のコテージはすぐそこだった。

周囲は田畑で、近くに店などは見当たらない。民家からも離れている。自然豊かな環境を楽しむコテージだ。

容子はいったん車で走り過ぎ、目立たない場所に駐車して、ふたりで歩いてコテージが見える場所まで戻った。

ログハウス風の二階建てだ。二階の窓は、白いレースのカーテンが閉まっている。

容子がスマホを取り出し、検索を始めた。

「――ねえ。このイチオクの写真、コテージのテラスに似てない？」

写真投稿サイトに、イチオクというユーザーが三日前に投稿したものだ。史奈も画面を覗き込んだが、たしかにテラスに置かれている丸太を削って作ったベンチや、テーブルなどそっくりだ。何より、テラスの手すりには特徴的なトーテムポールがある。

「イチオクもここにいたってことだね」

コテージの駐車場には、一台も車がなかった。史奈は容子と顔を見合わせた。

「――どうする？」

車以外の移動手段がない場所だ。車がないなら、おそらく今コテージには誰もいない。

「容子ちゃん、お願いしたもの、持ってきてくれた？」

「もちろん」

「コテージに近づいて、様子を見てみる」

「外を見張ってるから、気をつけてね」

史奈は、いったん容子の車に戻った。持ってきてほしいと頼んだのは、栗谷和也が開発した光学迷彩による透明化スーツだ。車の後部座席でスーツを身につけ、容子のそばに戻る。

「くれぐれも無茶しないようにね」

「わかってる」

スーツを起動し、周囲の色彩に自分を溶け込ませる。情報処理の速度の問題で、あまり速く動くと光学迷彩の処理が追い付かず、空間が揺らいで見える。意識してゆっくり動き、道路を渡ってコテージに近づいていく。

階段を上がって正面のテラスから、一階の窓を覗き込んだ。居間と食堂の兼用らしい、大きな一枚板のテーブルがある。

だが、そこに人の姿はない。

――やっぱり、誰もいないのかな。

玄関のドアは鍵がかかっていた。こじ開けてもいいが、いったん表は避けて裏に回ってみた。裏庭には広いドッグランがあるが、犬小屋は空っぽだ。

コテージの裏側に勝手口があった。キッチンの採光窓から内部を覗き込んでみたが、ここにも人の姿は見えない。

——勝手口を開けてみようか。

持参したピンを使って鍵を開ける。あまり褒められた行為ではないが、忍びには必要なスキルだ。

重いドアを、音をたてないように少し開けた時、中から話し声が聞こえてきた。

「——ええ、そうです。御師様は昨日、東京に戻られましたよ。こちらにはしばらく見えないと思いますが」

誰かが階段を下りてくる。相手の声が聞こえないので、電話で話しているようだ。

——この声、聞いたことがある。

勝手口のドアを細く開けたまま、史奈は中の様子に目を凝らし、耳を澄ました。

——いま、「御師様」と言った？

スマホを耳に当てた男が、史奈の前方を足早に通り過ぎた。

驚きすぎて、危うくドアを慌てて閉めるところだった。あの色白の顔、赤い唇、蛇のようなねっとりした目つき。

——奥殿大地《おくどのだいち》！

ドーピングを可とする新競技、ハイパー・ウラマ協会日本支部の立ち上げに尽力した男だ。美術関連のオークションサイトを運営する会社の社長でもある。

なぜ、あの男がこんなところにいるのか。

——奥殿が、天蓮リゾートの開発計画に参加している？

「わかりました。いま誰もいなくて車が出払っているので、迎えに来てもらえますか？私もそちらに行きますから」

いったん遠ざかった声が、こちらに近づいてくる。キッチンに入ってくるようだ。史奈はそっとドアを閉め、勝手口の横の壁に張り付いた。

しばらくすると、キッチンに入った奥殿のスリッパの足音が聞こえ、「ん？」という声まで聞こえた。勝手口のドアが、いきなり開いた。史奈は息を詰めた。心臓の音が奥殿に聞こえそうで、よけいに心拍数が上がる。

奥殿が周囲を見回し、首をかしげている。

「——不用心だな。誰か閉め忘れたか」

呟き、ドアを閉めるとすぐ、鍵をかける音が聞こえた。光学迷彩スーツのおかげで、史奈には気づかなかったようだ。

ドアが閉まると、思わず目を閉じて天を仰ぎ、心の中で感謝した。奥殿が〈狗〉の一族なら、見つかるところだった。

足音を忍ばせてコテージを離れ、容子が待つ場所に戻る。

「どうだった？」

奥殿大地がいたと話すと、容子も驚愕《きようがく》したようだ。

「なるほどね——奥殿大地か。ねえ、イチオクって、奥殿のアカウントじゃない？　ほら、オクドノダイチの前と後ろを取って」

ハイパー・ウラマでの印象が悪すぎて、奥殿大地とイチオクの投稿する美しい写真とがつながらない。だが、考えてみれば奥殿は美術商で、美しいものへの造詣が深くて当然だ。問題は、天蓮リゾートや「御師様」との関係だった。

奥殿は、出水《いずみ》という男を使って、ドーピングに反対する〈梟〉のチームにさまざまな妨害を仕掛けてきた。〈狗〉を対抗馬として利用したのも出水だが、その背後にも奥殿がいたのかもしれない。

ハイパー・ウラマの決勝戦後に、ロビーで短く言葉を交わした奥殿の顔が浮かんだ。赤い唇に、毒汁が滴り落ちそうな気持ちの悪い笑みを浮かべていた。若くて野心家なのは確かだろうが、それ以上に、自分の目的のために他人を陥れることすら楽しんでいるような、感じだった。

奥殿が電話で話していたことを容子に伝える間に、宮津方面から黒いセダンが到着した。洒落《しやれ》たレンガ色のジャケットを着た奥殿が、運転手に「すまないね」などと朗らかに言いながら乗り込む隙を見て、容子がスマホで奥殿の写真を撮影した。Uターンした車が見えなくなるまで見送った。

奥殿は先ほど電話で、「ほかには誰もいない」と言っていた。ならば、史奈たちにはすることがある。

8

「あっ、なんでおまえまでおるんや！」

待ち合わせ場所に現れた森山は、容子の姿を認めると驚いたように声を上げた。

「なーんや、すぐさま丹後まで飛んでくるとは、さては俺に会いに来たな？　おまえも可愛いとこあるやないか！」

照れ隠しなのか何なのか、森山は腰に手を当てて高笑いしている。

容子と史奈は、黒いシャツにブラックジーンズという、なるべく夜に溶け込みやすい服装に着替えて、森山を冷ややかに見た。

「――なんや。ふたりして、なんでそんなに睨むんや」

こちらの険しい視線にようやく気づいた森山が、たじろいでいる。

「これを見て」

容子がスマホの画面を森山に突き出した。森山の表情が変わる。

「奥殿大地。ハイパー・ウラマ協会日本支部立ち上げに尽力した美術商。目的はわからないけど、例のコテージに出入りしている」

「くそ、そういうことか！」

容子が冷ややかに森山を睨み、腕組みした。

「ねえ、森山。あんた本当に私たちに協力してほしいの？　それとも出水に雇われた時みたいに、奥殿に雇われてまた私たちを罠にかけようとしているの？」

「馬鹿言うな！」

森山が怒りをあらわにした。〈狗〉は才能豊かだが、性格はどちらかといえば単純で、直情径行だ。中でも森山は怒りっぽいし、癇癪《かんしゃく》を起こしているのがわかりやすい。

「俺にもやっとわかった。なんか変だと思ったんだ——やっぱり、これはハイパー・ウラマの余波なんや」

「余波って？」

「俺らは出水に雇われてたやろ。その出水は奥殿と通じていて、おそらく奥殿が出水に命令する立場だったと思う。俺らが〈梟〉との試合に負けると、出水は競技場の外でおまえらを潰せと命じてきた。断ったけどな」

史奈は容子と顔を見合わせた。

その会話を、史奈たちは録音で聞いて知っている。ハイパー・ウラマの競技の陰で、試合の勝敗に影響を及ぼそうと暗躍する出水のような男がいることを、明るみに出すために録音していたのだ。

だが、結果的にその録音は必要なくなった。出水が自殺したからだ。録音が表沙汰になれば、〈狗〉にも害が及ぶ。だから、史奈は録音を封印した。万が一、必要になれば証拠として利用するつもりだ。

「つまり――ハイパー・ウラマで〈狗〉が期待どおりに勝たなかったから、奥殿が嫌がらせをしているということ？　〈狗〉の土地をリゾート計画に組み込んで？」

史奈の質問に、森山は仏頂面になった。

「奥殿が嚙んでるなら、そうかもな。出水も命令には従っていたが、奥殿のことはあまり好きじゃないようだった。むしろ、気味が悪いと思ってたんじゃないか」

気味が悪い、という感想に史奈は頷いた。ほんの少し会話しただけだが、史奈自身がそう感じた。

「出水は奥殿のことを、『まるで蛇みたいなやつだ』と言ってたな」

「蛇――？」

容子が眉をひそめる。

「まさか、〈梟〉や〈狗〉の一族がいるように、〈蛇〉の一族もいて、奥殿がそのひとりだと考えていたってこと？」

「さあな」

奥殿大地について調べたことがある。栃木県の、今は消滅した集落の出身で、十五歳の時に東京の美術商、奥殿家と養子縁組をした。

消えた集落の出身者という身の上に、史奈が自分に近いものを感じたのは確かだ。

「奥殿が出かけて、コテージが無人になったと確認できたので、さっき容子ちゃんとふたりで侵入して、内部を調べてみた。たいしてめぼしいものはなかったんだけど――」

コテージには、子ども部屋を入れて寝室が五つあった。子ども部屋は使った形跡がなく、残り四つの寝室を、天蓮リゾートの小金沢社長と財務部長、建築家の蒲郡、それに奥殿の四人が使っているのだろう。

近ごろは、めぼしい情報といえばスマホやパソコンに入っているものだが、四人とも外出しておりコテージに残された端末はなかった。

「ただ、Ｗｉ‐Ｆｉのルーターはあったから、履歴をコピーしてきた。あと、念のためにコテージ内に盗聴器をふたつ、仕掛けてきた」

史奈の言葉に、森山がにっと笑う。

「さすが、やるなあ。おまえらを仲間に入れたの、正解や」

「電波が遠くまで届かないから、近くに車を停めて盗聴することになるけどね」

「俺らの仲間から人と車を出すわ。この時期は他の仕事にかかりきりの奴もいるから、人数は限られるけど」

森山の表情が微妙に曇ったのは気になったが、〈狗〉の内部もいろいろあるのだろう。

「もうひとつ、話しておきたいことがある」

史奈は、榊恭治と名乗る男について説明した。取り巻きから「御師様」と呼ばれる老人で、奥殿ともつながっている。祖父は死んだと聞いていたのに、その男は史奈に突然話しかけ、祖父だと自己紹介した——。

「はああ？　なんやそれは」

森山の眉間に鋭い縦皺が走った。

「よくわからんな。〈梟〉なんか、そいつも？」

「本人の説明が嘘でなければそうなるけど、真偽は不明なの。四十年くらい前に里を出たと言っている。奥殿は、誰かに電話で『御師様は昨日、東京に戻られた』と言っていたから、本拠地は東京らしい」

「なんだよ、『御師様』って——」

里を出奔したという〈梟〉の恭治と、奥殿がふたりともリゾート計画に関わっている可能性があり、〈狗〉の本拠地を奪おうとしているのかもしれない。森山が、どんどん不機嫌になっていく。

「――森山さん。奥殿が絡んでいるなら、きっと裏がある。これからどうしたい？」

「俺はただ、一族の里を守りたいだけだ。リゾート計画なんかどうでもいい。やりたきゃやればいい。ただし俺たちの土地に関係ないところでやってもらいたい」

「わかった」

リゾート計画そのものを潰すのは、気が進まない。仕事仲間の湯村や永井のように、地元を盛り上げたいからと歓迎している人もいる。

「まずは、天蓮リゾート社について調べてみましょう。史ちゃんが気にしていた三十年前の出資者とか、各地のホテルの評判とか」

容子がてきぱきと指揮を執る。

「――なあ。おまえ、こんなところに来とってええんか。学校とか――アテナとか」

森山が容子にすり寄った。容子は涼しい表情で、そっけなく森山を押し返した。

「ご心配なく。私は要領がいい。卒業論文は提出済みだし、アテナとの契約はすでに締結して、来年三月から卒業を待たずアテナの陸上部で練習することになってる」

「ふーん。なあ、俺はもう決めたで」

「何を」

「おまえ、『どっちか、なんて言える男に興味はない』って言うたやろ。俺はもう、おまえに決めたからな」

「なに言ってんの。こっちにも選ぶ権利があるんだからね」

容子の態度は冷淡だが、言い寄る森山をからかって楽しんでいるようにも感じる。森山と会話するときは、容子も生き生きしている。

森山は軽い男で乱暴な一面もあるが、忍びとしての実力は充分だ。自分でアピールするように、彼氏にするには申し分ないのかもしれない。〈狗〉には息子だけが必要で、母親と娘は追い出すという風習が、過去のものであれば。

――そんな馬鹿なこと、容子ちゃんが許すはずないし。

「だけどまあ――奥殿の思惑をぶっつぶすのが先や。うまいことといったら、ゆっくり美味いもん食いに行こうな」

森山の言葉は太平楽だが、奥殿の登場にそうとう怒りを覚えているのはわかった。

「天蓮リゾートの調査には、ほかの〈梟〉の手も借りるつもり。武《たけし》も卒論を終えたらしいから。各地のホテルの様子を、誰かに見てもらったほうがいいと思ってね」

「武さんも協力してくれるの？」

「あの人も〈ツキ〉なんだから、やることやってもらわないとね」

堂森明乃の息子、武は、豪傑肌の母親と違っておっとりした若者だ。容子と史奈、それに栗谷和也を入れて四人で〈ツキ〉として一族を導く立場にあるが、武はこれまであまり表立った活躍をしていない。容子は物足りなさを覚えているようだった。

「——森山さん。十條さんはどうしてる？　あれから特に変わったことはない？」

ずっと尋ねたかったが、言いだしかねていた。森山は一瞬、唇を「へ」の字に曲げて、考えるそぶりをした。

「正直、俺たちも十條の家には入れないからな。彰のやつがどうしているか、見てないし知らない。ただ、大きな変化があれば俺たちも気づくとは思うよ」

その言い方で、本心では森山も十條を心配していることがわかった。

「〈狗〉もいろいろ不自由ね」

容子がずけずけと言い放つ。いつものように軽いノリで返すかと思った森山が、珍しく真面目に頷いた。

「そうだ。だが、おまえら〈梟〉が里を出て変わったように、俺たち〈狗〉も変わろうとしてる。杉尾が養鶏場を経営して、若いやつらの仕事を作ろうとしているのもその一環さ。これからはいろんな面で変わっていくよ」

変化を好む者がいれば、好まぬ者もいる。それは、一族を率いる立場になり、史奈も肌で感じている。〈梟〉の場合は、外的要因で否《いや》が応でも里を放棄せざるをえなかった。あの放火事件がなければ、今でも里にしがみついていた可能性もあるのだ。

「変えていくのは、若い人の役目だから」

史奈の言葉に、容子も頷く。

「〈狗〉の変化、私も楽しみにしてる。良い方向に変えてよね」

「おう!」

十年、二十年後の未来を、覗き見することができたらと思うことがある。自分たちはどこで、何をしているのだろう。どんなふうに、生きているのだろう。

願わくばその未来が、望ましいものであってほしい。だが、そういう未来を手にするためには、今を精一杯に生きるしかないのだ。

スマホが震え、なにげなく画面を見た史奈は、慌てて電話に出た。

「篠田さん!」

『やあ——史奈。何度も電話してくれたのにごめん。返事できなくて』

篠田の声は、いつも落ち着いている。精神的に安定しているので、聞いているこちらも落ち着くし安心できる。

篠田は今日も穏やかだが、どこか沈んだ様子だった。

「心配したよ。いったい何があったの? 父さんから話を聞いて——」

『心配かけてすまない。榊さんにはいろいろお世話になった。史奈——すまない、黙って聞いてくれ。大事な話があるんだ』

なんとなく、心臓が跳ねた。篠田がこれまで、こんなに暗い声で「大事な話がある」なんて言ったことはない。いい話でないことは、声を聞いただけでわかる。

『俺は、このまま姿を消さなくてはならない』

　息を呑んだ。

『四年前、君と出会ってどれだけ勇気と希望をもらったか――。心から幸せな四年間だった。このまま君のそばで生きることができればと、本気で夢を見た。無理だと心の底ではわかっていたくせに――。ごめんな、史奈。詳しいことは話せない。俺が馬鹿だった。君は光だ。これからますます輝きを増す光だ。遠くから、いつも君の輝きを見守っている。さよなら』

「篠田さん？　待って――」

　通話が切れた。

　史奈は慌ててかけ直したが、呼び出し音が鳴り続けるだけだった。

　――篠田さん。

　茫然とスマホを握り締める史奈に、容子と森山も声をかけられずにいる。

9

『私にも、よくわからないんだ』

　榊教授が、画面の向こうで腕組みしている。

森山と今後の調査方針を決め、コテージの盗聴を彼らに任せると、史奈は容子とともにマンションに戻ってきた。

一方的に別れを告げられた電話の後、史奈は容子の車の助手席で、黙りこくっていた。容子も気を遣ってくれたのか、そっとしておいてくれた。

戻ってすぐ、教授と連絡を取った。

『篠田君が麻布《あざぶ》警察署で任意の事情聴取を受けていると聞いて、今朝、弁護士を連れて飛んで行ったんだ。違法薬物所持で逮捕された男性のスマートフォンに、篠田君の番号が登録されていたそうだが、警察が彼を呼びたかったのは、別件だったようだね』

「別件って――」

容子も眉間に皺を寄せ、聞いている。

『弁護士が来ると、篠田君はすぐに解放された。詳しいことは警察も篠田君も話してくれないので、わからないんだが』

教授は自宅兼私設研究所にいるらしく、実験設備の前でため息をついた。

『史奈、謝らなきゃいけないことがある。私は以前、興信所に頼んで篠田君の身上調査をした』

――知っている。

そう思ったが、教授の口から聞くのは初めてだから黙っていた。

『篠田君は以前、警視庁公安部にいた。公安というのはエリートでね。どんな警察官でもなれるわけではないんだ。篠田君は優秀だったんだろう。警察を依願退職したのは、柔道の練習中に腰を痛めて勤務に支障をきたしたためだった。だが、調べてくれた探偵は、裏に事情があると感じたそうだ。不祥事を起こしたわけでもないのに、篠田君は次の就職先がなかなか見つからなかった。それも奇妙だ。なぜ、篠田君のように体格・知力にすぐれ、体力もある元警察官が、西垣のような怪しい警備会社に就職するはめになったのか？　おそらくそれが、今回の事情聴取にも関係している』

史奈は情報と感情を整理しきれず、眉をひそめてうつむいた。

初めて会ったとき、篠田は別人になりすまして自分を騙《だま》していた。正体を明かし、もう嘘はないと約束したのに、まだ何か隠していたということか。

警察を辞めたのは、篠田自身に非があったせいだろうか。それとも――。

篠田から別れを告げるというなら、諦める。

だが、こんなに突然、一方的になんの説明もなく姿を消すなんて――。

『こんな言い方は史奈に酷かもしれない。承知の上で言うのだが、篠田君は彼自身、何か重荷を抱えているようだ。君は、一族の〈ツキ〉という重責を抱えたうえに、彼の重荷を引き受ける余力があるか？』

――篠田の重荷を引き受ける余力。

〈ツキ〉の重みですら、手に余る。自分はまだ、土から柔らかい顔をのぞかせたばかりのタケノコのようなもので、周りでは清々《すがすが》しい青竹がぐんぐん天に向かって伸びている。いつか、自分もまっすぐな竹になりたい。祖母のように立派な〈ツキ〉でありたい。いつか、自他ともに認められる存在になりたい。とはいえ、それはまだ遠い未来だ。

『もちろん、私も篠田君の行方を探すため手を尽くすよ。彼が警察を退職した事情も、できるかぎり探ってみる。今すぐ彼を忘れるべきだと言ってるわけじゃない。こんな唐突な別れでは、史奈も納得できないだろう』

どこか諦めたような口調で呟く教授の声に、史奈は顔を上げた。

「理由もわからず、このままなかったことにはできません。篠田さんは、私に迷惑がかかることを恐れて姿を隠したのかもしれません。彼に非があるのか、そうではないのか、せめてそれくらいは知りたい――」

『わかっている。引き続き調べてみるよ』

「お願いします。私はこちらに残って、〈狗〉の件の調査を続けます」

東京に戻り、篠田の行方を捜したいとは思う。だがなぜか、自分が戻れば篠田がますます地下深く潜伏してしまうような気もする。

――自分は冷たいのだろうか。

恋人が警察に事情聴取を受けていると聞いた時点で、大慌てで東京に戻るのがふつうではないのか。それとも、それほど篠田のことを好きでもなかったのか？

もし、篠田がそれに気づいて自分から去ったのなら——。

「教授。榊恭治の件は、何かわかりましたか」

篠田の件から話を逸《そ》らそうと考えたのか、容子が口を挟んだ。史奈は篠田に気を取られ、頭が回っていなかった。そちらも重要案件だ。

『それなんだが——希美も恭治さんは死んだと聞かされていてね。まだ希美が二歳かそこらの時だ。それで、お義母さんと同世代の一族に何人か、連絡を取ってみたんだ。妙なことがわかったよ』

教授が教えてくれたのは、たしかに奇妙な話だった。

四十年前、まだ桐子の父が榊の〈ツキ〉だったころだ。榊恭治は、ある日突然、里から姿を消した。数日して榊の〈ツキ〉が、婿の恭治は病で死んだと宣言し、ひっそり弔って墓も建てた。もともと葬儀は身内だけで行うのが一族の習慣だ。恭治の遺体を見た者はいない。里を下りたのだろうと推測した人も多かった。ただ、当時の榊の〈ツキ〉は強烈なリーダーシップを持つ人だったので、異を唱える者はいなかった。

——祖父・榊恭治は、本当に生きているのかもしれない。

『籠神社で史奈が出会った「オシサマ」が、本当に君のおじいさんかどうかはわからない。慎重に調べてみる必要があるね』

史奈は、ようやく顔を上げた。榊恭治で思い出した。教授に伝えなければいけない。

「榊恭治と名乗った男と、ハイパー・ウラマ協会日本支部を立ち上げた、奥殿大地が関係しているようなんです」

『奥殿——？』

「〈狗〉の森山さんによれば、死んだ出水は、奥殿を『蛇のようだ』と言っていたそうです。もしかして、〈蛇〉の一族というものがあったりしますか。ご存じないですか」

教授は戸惑うように首をかしげた。

『私は聞いたことがないな——。砧《きぬた》さんの調子がいいときに聞いてみよう。古いことに詳しいからね。史奈は史学を学んでいるから知ってるだろうけど、古来、日本にはさまざまな異類婚姻譚《たん》が存在する。中でも、蛇が美しい男性に化けて村の女性に求婚したり、あるいは蛇神が女性を生贄《いけにえ》に要求したりする物語はたくさん残されている。〈梟〉や〈狗〉がいるなら、〈蛇〉こそ存在してもおかしくない——と考えられるけど』

奥殿と会ったのは、ハイパー・ウラマの最終日だ。ロビーですれ違いざまに会話しただけだが、あまり関わりたくないと感じた。表面的な人あたりは良さそうだが、内側にねっとりした陰湿さを抱えている。優越感のひそむ目で他人を小馬鹿にし、弱った相手をゆっくり痛めつけて、さらに弱らせることを楽しむような印象を持った。

『〈蛇〉の一族かどうかはともかく、「榊恭治」とハイパー・ウラマの関係者がつながっているとは、いよいよ怪しいな。君たちも、身の回りに注意してくれよ』

〈梟〉は、性別や年齢にかかわりなく一流の戦士だ。教授もめったにそんな注意をすることはないが、今回は不安を覚えたようだった。

『容子君、史奈を頼んだよ』

「もちろんです、教授」

容子が涼しい顔で頷くと、安心したように教授が通話を終えた。

「――父さんは、私ひとりだと不安だけど、そばに容子ちゃんがいてくれると安心するみたいね」

それも、史奈の劣等感を刺激する。言葉にこもる棘《とげ》に気づいたのか、容子が肩をすくめた。

「史ちゃん。うちの親も同じだよ。私ひとりなら心配するけど、史ちゃんと一緒にいたら安心するの。親なんて、そんなもんだよ」

「――そうかな」

そんな言葉ですら、容子の気遣いが言わせたのではないかと勘ぐる自分が嫌だ。

「武にも連絡して、天蓮リゾートのホテルを調べてもらう。武ひとりでは無理かもしれないけど、明乃さんが動いてくれるなら――」

そう言えば、堂森武も〈ツキ〉の重圧に押し潰されそうになっているらしい。ゴッドマザーの明乃が、操り人形よろしく武を動かしているのだ。

——今はそんなことに気を取られている場合じゃない。

史奈は、スマホで天蓮リゾートのサイトを開いた。

「天蓮リゾートのホテル、十四か所だっけ。北海道、青森、秋田、千葉、山梨、長野、福井、石川、岡山、広島、徳島、大分、熊本、鹿児島。全部調べる必要もないだろうけど、手分けして、私たちも近い場所を回る？　明日は道の駅のバイトがあるけど」

「そうね。福井、石川、岡山あたりはこちらで引き受けたほうがいいかも。史ちゃんは、ひとまず明日の昼間はバイトに専念して。ホテルを調べるなら、少なくとも一泊はしないといけないし」

同じくスマホを見ていた容子が、「あっ」と声を上げたので史奈は振り向いた。

「どうしたの？」

「武が、和也さんと一緒に行くって。卒論が仕上がったので卒業旅行に行くつもりだったけど、友達がバイト三昧でつきあってくれないんだって。旅の目的ができて喜んでるみたい。この件なら、明乃さんも快諾してくれるだろうし」

「和也さんと武さん、最近なんのかんの言って仲がいいよね」

〈ツキ〉の男性陣は、武と和也のふたりだ。栗谷和也は、大学の研究室で榊教授と〈シラカミ〉の予防薬を開発中だし、ガジェット好きが高じていろんな「忍者ツール」を趣味で開発していて忙しいはずなのだが。気が合うようで、ふたりはよくつるんでいる。

　武ひとりだと若干たよりないが、和也がいてくれるなら安心だ。おとなしいが、賢くて目端の利く青年なのだ。史奈が各地から教授に送った水の成分分析は、ほとんど和也が作業している。調査に手を貸す分、作業は遅れるだろうが、焦ってもしかたがない。

　──千年以上前から、そこにある水を探しているんだから。

「ふたりには千葉、山梨、長野あたりに行ってもらいましょうか。あるいは、天蓮リゾートが復活するきっかけになった青森──」

　何かに気づいたように容子がこちらを見た。

「ねえ、史ちゃん。篠田さんのこと、今はあんまり気に病まないほうがいいよ。篠田さんには何か考えがあるんだと思う。きっと教授が行方を突き止めてくれるから、そうしたらきっちり話し合えばいい」

「うん──」

　篠田は強い。大人の男だ。心配する必要はない。急に別れを切りだしたのは、史奈に迷惑をかけたくないからだろう。

　武と連絡がつき、一段落ついたからか、容子は冷蔵庫からお茶のペットボトルを二本、持ってきた。一本をこちらに渡してくれる。

「なんでも話してくれればいいのに、まだ私のこと、子ども扱いしてるのかな」

「そんなことはないと思うけど、篠田さんは職業柄か、秘密が多い感じだね。口の軽い男より、そのほうがいいと思うけど」

容子が、誰かと篠田を比較しているようで、ついよけいなことを尋ねる気になった。

「そう言えば、容子ちゃん――森山さんのこと、けっこう気に入ってる？」

容子が一瞬、飲みかけたお茶にむせそうになった。

「――いきなり、なんてことを言うの、史ちゃん」

「だって、いい感じだったから」

しばらく考えていた容子は、「うーん」と唸《うな》って首をひねった。

「〈梟〉と〈狗〉のハイブリッドが生まれたら、すごくない？」

容子の飛躍に笑ってしまう。

「もうそこまで考えてるの？」

「森山が言ってたじゃない。あの時はなんとも思わなかったけど、考えてみたらたしかに超優秀な遺伝子なんじゃないかと思って」

「遺伝子か――」

〈梟〉、〈狗〉、〈シラカミ〉。自分たちは遺伝子によって特殊な能力を授かり、一方で地獄に突き落とされる怖れもある。だが、遺伝子だけが大切なのではないと信じたい。

「──ひとつ問題がある」

容子が渋い表情になった。

「森山容子って何かの芸名みたいじゃない？」

突拍子もない言葉に、史奈は思わず吹き出した。

「そんなことない！　でも、長栖《ながす》疾風のほうが、森山疾風よりかっこいいかも」

「たしかにね。レアな感じになる」

ふたりして大笑いしながら、これはきっと、篠田が消えて意気消沈する自分を、容子が元気づけようとしてくれているのだと思った。

その時、ノックの音が聞こえて、史奈は玄関のドアに向き直った。容子が即座に足を立て、腰を浮かして臨戦態勢になる。

「史奈──？　あたし。美夏だけど」

ドアの向こうから、隣室の美夏の朗らかな声が聞こえた。史奈も腰を上げた。

「隣の人。この部屋を紹介してくれた」

容子に声をかけ、念のためドアスコープで美夏の姿を確認してからドアを開いた。美夏は、みかんをビニール袋いっぱいに詰めて持ってきていた。

「これ、親戚が送ってきたんだ。良かったら食べて。──お友達？」

彼女がひょいと中を覗き込むと、容子がさりげなく椅子の陰に身を隠した。史奈はみかんを受け取り、笑顔を見せた。

「うん――いとこのお姉さんなの。上がってもらえなくて、ごめんなさい」

「ううん、こっちこそお邪魔してごめんね。またご飯食べに来てね！」

「うん、またね」

笑顔で手を振り、美夏が自室に戻っていく。隣からにぎやかな笑い声が聞こえたので、様子を見に来たのだろう。

「ドライビングスクールで知り合った人？」

容子の意味ありげな問いに、史奈は無言で頷いた。

すべてを疑えと教えられる〈梟〉だが、丹後で真っ先に友達になった美夏は、陰謀や暗躍といった言葉とは無縁だと思いたかった。

歴史が好きだという理由で、親戚のマンションや道の駅の仕事を斡旋してくれたり、丹後の史跡について教えてくれたり、何くれとなく親切に世話してくれるのも、純粋な好意からだと思いたかった。

だが、さすがに今のはいただけない。共通の友達なんていないのに、史奈の部屋から話し声が聞こえて訪問したのは、誰が来たのか探るためだ。さっきは完全に、室内にいる容子を確認しようとしていた。

――監視するために近づいてきた。

自分の手元に置くために、隣の部屋にわざわざ住まわせた。考えてみれば、この部屋だって伯母の持ち家だと言われたが、伯母さんには会ったことがない。いったい、誰が何の目的で自分を監視しているのだろう。

容子と視線が合った。彼女ははっきりとひとつ頷くと、わざとらしく伸びをした。

「――さあ、もうお風呂に入って寝ようかな。史ちゃんも、遅くまで起きてないでね」

「うん。お風呂、お先にどうぞ」

容子がさっさと浴室に向かう。史奈はここに来てから、昼は道の駅のアルバイト、夜は〈狗〉の本拠地探しと、眠るふりすらしなかった。美夏には、どんなふうに見えていたのだろう。

和也に借りて東京から持参した盗聴器スキャナーを、キャリーバッグの底から取り出した。ここに来た日、念のために盗聴器が仕掛けられていないか確認し、その後はしまいこんだままだった。

ワンルームの壁や天井を念のためにスキャンしてみた。盗聴はされていない。ホッとした。だが、大きな声は隣に筒抜けだということもわかった。今後はますます注意が必要だ。

容子が風呂から戻ると、史奈はメモ用紙に「明日は私も仕事を休んで天蓮リゾートに行く」と書いて見せた。

容子は涼しい顔で頷いた。

10

「うわあ、僕、バイクに乗せてもらうの憧れだったんだよ！　気持ちいいね！」

背後のタンデムシートで年甲斐《としがい》もなくはしゃいでいるのは、栗谷和也だ。

「そっすか」

堂森武は、ヘルメットでくぐもる声で、不愛想に呟いた。

和也は自分より三つ年上で、理系の大学院生、おまけに博士課程なのだが、おっとりしていて子どものように素直な性格だ。

四年前、ふたりして予想外の〈ツキ〉を拝命し、以来、リーダーシップを期待されるようになった悲哀をわかちあっている。

なにしろ、和也はつい最近まで一族に受け入れられなかった〈カクレ〉だ。堂森家は、かつて〈ツキ〉を輩出した家系だが、何年も前に武の学校教育のために里を下り、一時期は、一族とほぼ音信が途絶えていた。武自身も、人前に立ったり、知らない人と話したりするのは超苦手な性格だ。

もちろん、わかっている。自分の地味な性格は、一族の誰もが一目置く母、堂森明乃によって決定づけられたものだ。

明乃は、ひとことで言うなら台風だった。賢くてダンプカーのようにパワフル。時々、予想外の行動もする。

飛び抜けて力強く、あふれる才能をさずかった母から見れば、すべてにおいて凡庸で、取り立てて目立つ個性もないひとり息子が、残念でたまらないのはよくわかる。申し訳ないとも心の中では思っている。

——だが、どうしようもない。

子どものころから、母の強靭《きようじん》な背中を見て育った。何かあれば、母の後ろに隠れれば良かった。できれば今でもそうしたい。

なぜ自分が〈ツキ〉のひとりなのか。

「もうすぐ着きますよ」

目的地は、長野の諏訪湖《すわこ》にほど近い、「満天の星が見えるリゾートホテル」だ。天蓮リゾートを探ってほしいという史奈と容子からの頼みを受け、すぐさま和也を誘った。

——ほんとは、彼女を誘って来るところなんだろうけど。

いいな、と思う女友達は何人かいるが、誘ってみたことはない。クラブやゼミの仲間として集団で飲みに行くくらいだ。

こんな時に、誘える女性がひとりもいないというのも、ちょっと情けない。

早朝に和也を乗せて東京を出発し、三時間と少し。首都高速から中央自動車道に入り、諏訪インターチェンジで高速を降りると、和也はたびたび歓声とため息を漏らした。

「すごいなあ。なんて空が広いんだろう」

たしかに、東京にこの空はない。そう思うと気分がよくなり、武はハンドルを握る手に力を込めた。バイクに乗ったことがないという和也だが、説明しておいたとおり、ちゃんと武の身体の動きに合わせてくれるし、重心の取り方も勘がいい。男ふたりのタンデムなんて、と残念に思った武とは逆に、この状況を楽しんでいるようだ。

諏訪湖のほとりの眺めは最高だった。きれいな水と、湖の向こうのなだらかな山の稜線《りょうせん》に、心が洗われるようだ。

「天蓮リゾート諏訪湖――か。あれだよね？」

途中に立つ巨大な看板を見て、和也が尋ねる。

「まだ昼前だけど、直接ホテルまで行っちゃいますね。荷物預けて、メシ食いながら近隣の噂話を聞くのもいいし」

「武君に任せるよ！　僕より、そういうこと詳しいし上手だもん」

「あざっす！」

照れて雑な言葉を返しながら、だから自分は和也とつるむのが好きなんだとあらためて考えた。

和也はとにかく、褒めてくれる。来春には社会人になるこの年齢になって、誰かに褒めてもらいたいなんて、恥ずかしいとは思う。だが、子どものころからカミナリを落とすばかりの母親といたせいか、和也の存在はとにかく新鮮だ。

諏訪湖から流れ出す天竜川《てんりゅうがわ》に沿って下り、脇道の林の中をものの十分も走ると、開けた場所に出た。

「あれか——」

満天の星が見えるリゾートホテルというだけあって、周囲には何もない。広々とした丘の上に、ぽつんと白亜の小宮殿が建っている。そんな印象だ。エントランスの両側には大理石の太い柱が立ち、なんだか外国のホテルのようだ。

「すげえ。なんだこりゃ」

「きれいだねえ。ごめんね武君。僕じゃなくて女の子と来たかったよねえ」

見透かされたような和也の言葉に、思わずむせそうになった。

「いやいや、何言ってんすか。急に誘ったのに和也君が来てくれて、こっちこそありがたいっすよ。とにかく中に入って、荷物だけでも預けましょう」

駐車場の奥には、大型の観光バスが五台、並んでいる。バイクを停め、なにげなく観光バスを観察したが、よくある「○○様ご一行」などと書かれた札は見えなかった。ただ、バス会社はすべて同じだ。

「旅行会社と提携してるんすかね」

容子からは、天蓮リゾートが倒産の危機から奇跡の復活を遂げた経緯や、ホテルの客層を調べてこいと言われている。

この諏訪湖のホテルは、経営不振に陥った天蓮リゾートが、息子の代になって真っ先に建設に着手したホテルだ。だから、ここから調査を始めることにした。ここと青森のホテルが、天蓮リゾートの快進撃のきっかけを作ったとされている。

大学生の武は、自分でホテルを予約したり、宿泊したりした経験はまだほとんどない。今回もそのあたりは和也に任せきりで、彼がフロントと会話している間、ホテルの庭園を散策することにした。

――マジで広いな。

緩やかな起伏を持つ丘全体が、ホテルの敷地のようだ。駐車場から見えた白亜の建物が本館で、他にもいくつかロッジ風の建物が点在していたり、屋根しか見えないが大きな講堂か体育館のような建物もあるらしい。建物をつなぐのは、よく手入れが行き届いた、イングリッシュガーデン風の庭園とレンガのスロープだ。

「ひょっとすると、スポーツの合宿とかで使われるのかな」

それなら、駐車場にあった観光バスの謎も解ける。これだけ広いのに、宿泊客の姿はほとんど見えない。ちょうど昼前だから、昨日の宿泊客はチェックアウトした後で、今日の客がチェックインする前なのだろう。この時間帯なら、客の姿が見えないのは不思議ではない。

「武君、お待たせ！」

和也がフロントからこちらに駆けてきた。

「もう部屋の準備ができてるって。チェックインさせてもらったよ。はい、鍵」

カードキーを一枚渡された。

「わあ、素敵な庭園だなあ」

和也が嘆声を上げ、にこにこしている。

「こんなに素敵なホテルなら、ふつうに繁盛するよね」

――ほんとにそうだ。

だが、容子たちが調査を頼むというからには、天蓮リゾートには何か問題があるのだろう。

――どこから調べる？

里を下りても、母の明乃は〈梟〉としての鍛錬を怠らなかった。武も子どものころから、明乃の指導のもと、忍びの術を教え込まれたものだ。残念ながら期待されたレベルには達しなかったようだが。

「ともかく、部屋に荷物を置いたら、近くの店を探してホテルの評判を聞いてみようか。

何かわかるかもしれないし――」
何もわからないかもしれない、という言葉は飲み込んだ。近隣住民から特別な評価が聞かれなかった場合はどうしたらいいのか――武にも、まだ良い策はない。

＊

「ここが天蓮リゾート蒜山《ひるぜん》――」

容子の運転で、丹後から蒜山までおよそ三時間半。美夏に怪しまれないよう、朝は日の出の後に出発し、道の駅にはバイトの予定時刻ぎりぎりに電話を入れた。

急な休みで申し訳なかったが、親戚が遊びに来て、二日ほど丹後や近隣を案内することになったと話したら、むしろ喜んでくれた。百パーセント嘘ではないが、心が痛む。

岡山県真庭《まにわ》市にある天蓮リゾートのホテルは、翼を広げた鳥のような形が特徴的な建物だ。鳥取県との県境に近く、スキー場があり、冬場は雪に閉ざされる。屋根の急な勾配は積雪対策だろう。

蒜山三座を背景に、緑の高原に囲まれた自然豊かな環境だ。「満天の星が見えるリゾートホテル」の謳《うた》い文句は、誇張ではないだろう。

「武たちも着いたみたい。長野の諏訪湖」

駐車場に車を停め、容子がスマホを確認した。一泊だけなので、荷物はふたり分をボストンバッグひとつに詰めてきた。

駐車場は広く、大型バスが三台ほど停まっているし、乗用車も何台か、孤高の猫のように間隔をあけて停まっている。

「あの田畑はホテルとは関係ないのかな」

ホテルの建物から少し離れた場所に、田畑が見える。田んぼはもう収穫を終えた後だが、畑では大根に白菜、キャベツ、芋や豆などを育てているようだ。麦わら帽子をかぶり、白いシャツにジーンズ姿の人が数人、作業をしている。

――私たちの服装と似てる。

今日は容子と史奈も、白いシャツブラウスにジーンズ姿だった。

「ホテルのレストランで、季節ごとに採りたての野菜を提供するって書いてた」

「自家製なんだ」

「あっちの建物もホテルの一部かな」

さらに山の麓に近い場所に、こぢんまりとしたロッジ風の建物が見える。

「おはようございます」

駐車場からホテルに向かう途中で、畑に行くのか、白いシャツにジーンズ姿の数名とすれ違い、丁寧に挨拶された。

「おはようございます」

にこやかに返したが、ここのスタッフはずいぶん丁寧だ。

容子がフロントで手続きをする間、史奈はロビーのソファに腰をおろし、調度品や行きかう人を観察した。自然豊かな環境を売りにしているホテルだが、ロビーのソファやテーブル、置物やアンティークな食器を並べたキャビネット、壁の絵画などは、そういうものにあまり詳しくない史奈でさえ、そうとうグレードの高いものだと思われた。

ホテルのフロントやスタッフは、スモーキーなピンク色のジャケットと、グレーのパンツを着用している。それが制服らしい。

——あれ、それじゃ畑にいた白シャツとジーンズの人たちは誰？

「おはようございます」

容子を待つ間にも、通り過ぎる白シャツとジーンズの人が行儀よく挨拶してくれる。

「お待たせ」

容子が首をかしげながら戻ってきた。

「シーズンオフだからかな。昨日の今日でも部屋が取れたし、本来のチェックイン時刻は午後三時なんだけど、掃除が終わってるからもう部屋を使えるって。でも、駐車場に大型バスがあったよね」

「——ねえ、容子ちゃん。畑で働いていた人たち、誰なんだろうね」

「私も疑問に思ってた」

部屋に向かうため史奈がボストンバッグを提げて立ち上がったとき、廊下の端からふいに現れた年配の女性が、こちらに気づいて笑顔になり、「おはようございます」と頭を下げた。やはり、白いシャツとジーンズだ。

――なんだろう、妙な感じがする。

史奈たちの倍くらいの年齢の人が、まるで同い年か年上にするみたいに、丁寧に頭を下げたからだろうか。

「おはようございます。どちらからいらっしゃったんですか」

容子が声をかけると、女性は顔を輝かせた。

「あら、私は香川からですよ。おふたりはどちらから？」

「私たちは京都から来ました」

「若いのに偉いわねえ。どうぞホッス様のお導きが得られますように」

「ありがとうございます。あなたもお導きが得られますように」

容子が素知らぬ顔で復唱すると、彼女はますます顔を輝かせて頭を下げ、立ち去った。見送った容子は、すぐにフロントに直行した。史奈も後に続いた。

「すみません。あの白いシャツとジーンズの人たちって、こちらのお客さんですか？」

驚いたのは、フロントの女性だった。

「あら――すみません。お客様もＩＵの方かと思っていました」

「IU?」

フロントの女性が、我に返った様子で、申し訳なさそうに頭を下げた。

「他のお客様のことは、ちょっと。個人情報になりますので申し訳ございません」

「ああ――そうですね。こちらこそ失礼しました」

「あの、すみません」

史奈はフロントの女性に声をかけた。

「あちらのロビーの絵、素敵ですね。どなたか、ご専門の方がいらっしゃるのですか」

ああ、とロビーを覗き込んだ女性が微笑む。

「ホテルと契約している美術商の方がいらっしゃいまして、すべてそちらの推薦なんです。お気に召したようで良かったです」

何かが引っ掛かっていた。その理由が、わかったような気がした。

――奥殿だ。

伊根のコテージに奥殿がいたのは、天蓮リゾートの経営するホテルに、美術品を納めているからだ。もともと彼は、天蓮リゾート社と関係があったのだ。だからイチオクは、各地のホテルを巡っているのだ。調度品も季節や何かで入れ替えたり、追加したりするのだろう。

――あの男、予想以上に深入りしているのかもしれない。

予約した部屋は広々としたツインルームで、大きな窓から蒜山の山並みがきれいに見える。雪景色はさぞかし美しいだろう。

室内は清潔で、きっちり整えられたベッドも、まだ新しいバスルームも、花のような良い香りが漂っている。

このホテルの人気が高いのも頷ける。

「フロントも、服装を見て私たちはあの人たちの仲間だと思ったってことか」

「ホッスってたぶん、法主のことだよね。IUって検索しても引っ掛からないな」

スマホで、「IU」や「白いシャツとジーンズ」「法主」などの単語を組み合わせて検索しても、それらしいものは見当たらない。

「ねえ見て、史ちゃん。さっきは気づかなかったけど、向こうの建物、このホテルと通路でつながってる」

山の麓にあるロッジ風の建物だ。独立しているが、屋根のある細い通路があり、ホテルの裏側に続いていた。雨が降っても濡《ぬ》れずにホテルまで歩いてこられるようになっているらしい。

「天蓮リゾート蒜山のホームページには、あんな建物のことは書いてなかったけど」

容子が眉をひそめ、腕組みする。

「法主とか、お導きって言ったよね、さっきの女の人。宗教関係っぽいね」

「そうね。史ちゃん、ひょっとすると私たち——着いて早々に、天蓮リゾートの資金源をつかんだのかも。全然関係ないかもしれないけど、探ってみる価値はあるよね」

史奈は頷いた。つまり、宗教団体がバックにいて資金を融資する代わり、ホテルは布教活動の場を提供するなど、便宜をはかる。そういった互恵関係にあるのかもしれない。

「IUって、おそらく団体名のイニシャルだよね。文化庁の宗教年鑑を見てみる」

史奈は、ボストンバッグからパソコンを取り出した。史学科で勉強するうち、見つけた資料だ。

文化庁宗務課が毎年、最新のデータで作成し、PDFを公開している。この中に、宗教団体名の索引があることを知っていた。宗教法人が税制上優遇されていることもあるのか、この手の資料は詳細にまとめられている。

イニシャルがIUなら、団体名はおそらく「ア」か「イ」で始まるはずだ。すぐ目についた。

「これかな。『インフィニティ・ユニバース教団』——無限の宇宙?」

しばらく、ふたりして黙々とネットの海をさまよったが、驚いたことに、教団に関する情報はほとんど見当たらなかった。先ほどの宗教年鑑に、代表役員の氏名や、教団事務所の住所、電話番号などが掲載されており、教会をひとつ所有していることや、信者数が五十万人にのぼることなどがわかったくらいだ。教団の公式ホームページなどは存在しないか、見つけにくい状態になっているようだ。

信者がネットに何か書き込んでいないかと期待したが、教団から禁止されているのか、検索してもそれらしいものは見当たらない。

信者が五十万人もいるのなら、名前くらいは史奈も知っていて良さそうなものだが、初めて聞く名前だった。文化庁のサイトには平成七年版からの宗教年鑑が掲載されており、そのもっとも古い年鑑にもインフィニティ・ユニバース教団の名前は存在した。

「天蓮リゾートが、倒産の危機から奇跡の復活を遂げたのがおよそ三十年前。そのころにはもう、教団も存在したってことだね。このころの信者数は、三万人だって」

そこから、五十万人の信者を抱えるまでに急成長したわけだ。

代表役員は米村慎吾《よねむらしんご》。五年ごとに交代している。事務所は東京で、住所は変わっていない。代表が五年ごとに交代しているのは、事務局など表向きの代表であって、実質的な教団のかなめ、いわゆる教祖のような精神的支柱は別に存在するのだろう。

いやな感じがした。

脳裏にちらついたのは、祖父の榊恭治を名乗った和服姿の老人だった。彼はボディガードのような男から、「オシサマ」と呼ばれていたではないか。「オシサマ」が御師様だとすると、武道の師範のようにも思えるが、高位の宗教指導者でもおかしくない。

「なるほどね——榊恭治に奥殿大地か。相手にとって不足はないって感じ」

容子がスマホに何か打ち込み始めた。

「武たちに連絡する。向こうにも、ＩＵ教団の痕跡があるかもしれないし」

容子がメッセージを送って数分後には、武から電話がかかってきた。容子がスピーカーフォンに変えた。

「どうしたの、何かあった？」

『こっちのホテルにはさ、体育館みたいな別棟があって、今日も大型観光バス五台分の団体客が寝泊まりしてる。スポーツの合宿か何かかと思ったけど、容子からメッセージもらって気がついた。近所の蕎麦屋《そばや》でそれとなく聞いてみたら、名前はわからないんだけど、入れ替わり立ち替わり、宗教関係の団体客が宿泊してるって。蕎麦屋にも来るらしい。でも、評判は悪くないよ。人当たりも良くて、いい人たちだって言ってた』

――それだ。

史奈は容子と顔を見合わせた。

先ほどの女性だって、ずいぶん人当たりが良い好人物だったじゃないか。

「武、その団体客を見かけた？」

『いや。そいつら、ほとんど別棟から出てこないみたいでさ』

「別棟に潜入して、それがＩＵ教団の信者だって証拠を見つけてくれない？　今はまだ、憶測にすぎないから。そっちの団体客も、みんな制服みたいに白シャツとジーンズを着てたりするかもしれないから、服装を調べてから乗り込んだほうがいいよ」

『容子さん、和也です。透明化スーツをひとつ持ってきたから、見つからずに侵入して調べてこられると思います。そっちも持ってきていますか？』

史奈は頷いた。

「和也さん、史奈です。私も持ってきました」

『良かった！』

和也の試作品はいろいろあるが、透明化スーツが今のところの最高傑作に間違いない。まだ数が少ないのが残念だが、そのうち改良型を製作してくれるかもしれない。

ふと、気がついた。

――いま四人の〈ツキ〉が、同じ目的のために動いている。

蒜山には史奈と容子、諏訪湖には武と和也が急行し、調査している。自分たちが〈ツキ〉を拝命してから、四人で集まったり会話したりする機会はもちろんあったけれど、こんなふうにひとつの目的のために一緒に調査するのは初めてだ。

「和也さん、武さん。容子ちゃんから聞いたかもしれないけど、ちょっと複雑な事態が発生しているんです」

史奈は、〈狗〉の森山の依頼と、天蓮リゾートの関係、奥殿も絡んでいること、そして史奈の祖父・榊恭治を名乗る人物について説明した。

和也たちは、スマホの向こう側でしばし沈黙した。

『奥殿って、ハイパー・ウラマの後で君らに話しかけてきた、なんかネチョッとした感じの嫌みなおっさんだよな。俺、めっちゃ苦手』

武が嫌そうな声を出した。

『前の〈ツキ〉桐子さんの夫だよね、恭治さんって。なんだか、よくわからないな』

和也も混乱しているようだ。

「〈狗〉の本拠地をめぐる問題だけじゃなさそうで。くれぐれも気をつけてください」

今夜の宿泊で、できる限りの調査をすると互いに約束し、通話を終えた。

「史ちゃん、ちょうど昼食時だから、ホテルのレストランか近くの店を探して、私たちも宿泊客についての噂を探ってみようか。別棟に潜入するのは、その後でもいいし」

「そうだね」

世慣れた容子は、こんな時どう動くべきか、アイデアがどんどん湧くようだ。

ロビーに下りると、畑からキャベツや大根を収穫してきた人たちが、楽しそうに話しながら入ってくるところだった。

「こんにちは。野菜を収穫したので、持ってきました」

「いつもありがとうございます。厨房《ちゅうぼう》のスタッフに渡しておきますね」

ホテルのスタッフが受け取って、奥に運んでいく。やりとりを見てようやく、先ほどからの違和感を言葉にできた。

「信者の人たち、いつもにこにこしていて、誰に対しても丁寧だよね――」

もちろん素晴らしいことだが、なぜか妙な気がするのは、あの表情とものごしが、作り物のように感じるからだ。

「笑顔って、ときに本心を隠すために使われるのよね」

容子が、白シャツにジーンズ姿の集団の背中を見送り、呟いた。

11

「御師様、失礼いたします。法主《ほっす》様のご準備が整いましてございます」

行者室の外に智星《ちせい》がひざまずき、囁いた。教会内部では大きな声を出さぬよう、幹部たちは厳しく躾《しつ》けられている。

「ありがとう。参ろう」

榊恭治も囁き返し、壁に掲げたインフィニティ・ユニバース教団の印――「永劫《えいごう》」に向かって拝礼した。かたつむりの殻を思わせるデザインの「永劫」は、無限の宇宙という教団名をイメージしたもので、フラクタルと螺旋《らせん》を図像化したものだ。

恭治が部屋を出ると、彼と同じ白い道服をまとった智星が、恭しく頭を下げた。

「では、わたくしは客人を案内いたします」

智星は六年ほど前に両親の勧めで教団の勉強会に参加して以来、めきめきと実力をつけ今では教団のナンバー4となった。高校生のころから素直で利発な子だったが、二十代になった今ではますます教義への理解を深め、信者を積極的に導いている。

智星が立ち去り、恭治はひとりで歩みを進めた。教会の内部は、人間など存在しないかのように静まりかえっている。

法主の思考や瞑想《めいそう》を妨げぬよう、教会内での大きな声や物音はご法度だ。

信者千人を収容可能な礼拝堂と、法主の居室である涅槃堂《ねはんどう》、さらに御師こと榊恭治自身の居室である行者室、幹部たちの控室――この教会は三十年前に建設された、IU教団唯一の固定資産だ。五十万人を超える信者を抱えるわりに、目に見える形での資産がこの教会くらいしかないことを、不思議に感じる者も多いようだ。

恭治が向かっているのは、教導室と呼ばれる来客用の小部屋だった。

「法主様」

ぶ厚いベルベットのカーテンをかきわけ、教導室に足を踏み入れる。目が慣れるまでしばらく待つ。

御簾《みす》の前では練り香が焚《た》かれ、上品な香りを室内に漂わせている。

アーチ型の天井には、「永劫」を始めとする教義を図像化したデザインが何種類も彫られていた。奥には御簾がかかり、その裏に坐《ざ》した法主の小柄なシルエットが投影されている。

「法主様。ご機嫌いかが」

御簾の奥から答えはない。小柄なシルエットは身じろぎもしない。恭治は、御簾の脇に置かれたひじ掛け椅子に腰を下ろした。

やがて、智星の案内で現れたふたりが、恭治を見て恐る恐る頭を下げ、御簾の影におののいた様子で立ちすくんだ。そろって五十代後半の男女、どことなく印象が似ているのは、三十年連れ添った夫婦だからだ。ふたりとも緊張しているが、男性のほうはそれに加えて顔色が悪く、注意深く観察すれば脂汗が額に滲んでいるのがわかる。

「どうぞ、こちらに」

智星が低く声をかけた。

「法主様の貴重なお時間を頂戴し、感謝に堪えません。私どもはいま――」

背もたれのついた木製のベンチに浅く腰を掛けると、意を決したように妻のほうが口を開いた。控えていた智星が、指を唇に当てて「しーっ」と叱るように囁くと、彼女は恥じ入った様子で身体を縮めた。

御簾の向こうで、影がゆらりと揺れた。

「案ずるな。その病は治る」

音楽的で豊かな、若い男性の声だ。法主だけは、この部屋に声を満たすことを許されている。荘厳な声が丸天井に反響し、歌のように身体に染みこんでくる。何度耳にしても、陶然とする声だ。

法主の声は神々しく、まるで天界から降るかのようだった。よく聞けば、彼の声は高低二種類以上の音色が複雑にからみあっていると気づいたかもしれない。

モンゴルに、ホーミーという歌唱法がある。喉歌とも呼ばれる独特の歌い方で、基音と倍音を同時に発声する。一般的に訓練を積んで習得するものだが、法主は、それによく似た声を生まれつき発することができた。

苦しげに頭を垂れていた夫が、ハッと顔を上げる。妻は握りしめたハンカチで、震えながら口を押さえている。

御簾の影は、両手を持ち上げ、何かを探り当てようとするかのように、ゆらゆらと空中に指を動かした。

「――苦しいですか」

今度は問いかけだった。歯を食いしばり聞いていた夫の目が潤み、「はい」と声は出さず唇だけ動かして、何度も頷いた。

「過去のあやまちが病に凝《こご》っている。だが、救済できます」

真言を唱えはじめた彼の声は徐々に低く小さくなり、やがてパタリと両手が膝に落ちた。御簾の向こうに置かれた燭台《しょくだい》の火が消え、法主のシルエットも消えた。

救済できると聞いたとたん、夫妻は震えながら両手を合わせ、声は出さず祈りの言葉を唱えつつ、御簾に隠れた法主を拝むように目を閉じて再び頭を垂れた。

恭治はシルエットが消えたのを見届け、ふたりに頷きかけた。

「法主は退出された。これから三日三晩、法主があなたのために祈りを捧《ささ》げるだろう。星界に意識を浮遊させ、世の理《ことわり》を動かしてくださる。もちろん法主にとっても、たやすいことではないでしょうが——」

「ありがとうございます——ありがとうございます」

彼らは感謝の言葉を囁きながら涙を流し、何度も両手を合わせて御簾の向こうに頭を下げた。治ると予言されたとたん、夫の顔色は赤みを取り戻したようにも見えた。

重篤な病を抱えており、来月には難しい手術を控えているという。法主の言葉を、藁《わら》にもすがる思いで聞いたことだろう。

「本当に、なんて神々しい——法主様——」

妻がハンカチで目元を押さえながら、かすれた声で囁く。

「あちらへどうぞ。お疲れでしょうから、ゆっくり休んでください。薬湯など差し上げましょう」

智星が立ち上がり、彼らをうながして教導室を出て行った。

彼らの姿が完全に見えなくなるのを待ち、恭治は明かりの消えた御簾に視線を移して、うっすらと微笑した。

御簾が、かすかに揺れた。

＊

容子が運転する車は、真っ暗な国道一七八号を、丹後に向かってひた走っている。

「――ダメだ。森山さん、電話に出ないね。寝たのかな。まだそんなに遅い時間でもないよね」

史奈は助手席でスマホを耳に当て、眉根を寄せた。午後十一時過ぎだ。

「おかしいと思ったんだ。たぶん、何か向こうで起きたんだと思う」

容子がそっけなく答える。

結局、天蓮リゾート蒜山には泊まらなかった。丹後の状況を尋ねようと容子が森山に連絡した際、様子がおかしかったと、容子が言ったのだ。丹後に戻るため、調査がすむと、急用ができたからとフロントに断り、宿泊料を支払って車に乗り込んだ。

こういう状況での容子の判断力は自分の比ではないと考えている史奈は、一も二もなく賛成した。

――たった一日で、ずいぶん調査が進んだ。

ホテル近隣への聞き込みや、別棟への潜入を通して、史奈たちはIU教団がらみの宿泊客について知ることになった。

蒜山に天蓮リゾートがオープンした時から、教団の団体客は途切れず宿泊している。「IU合宿」と呼ばれているらしい。近隣住民の話によれば、少ない週でも大型バスが二台、夏休みやゴールデンウィーク、年末年始など多い週なら十台以上が駐車場に停まっていることもあるそうだ。一台に四十人程度とすれば、八十人から四百人ということか。

さほど広くない別棟に、そんなに大勢宿泊できるのだろうかと首をかしげたが、透明化スーツを着て侵入してみて、納得した。大部屋に二段ベッドがあり、広間で雑魚寝もできるスタイルだ。史奈は参加しなかったが、中学校の修学旅行で同級生たちが泊まった旅館の部屋が、似たような形だった。

近隣でのIU教団の評判は悪くない。ホテル所有の田畑の手入れは、信者が自然のエネルギーを受け取るため、活動の一環として行っているらしい。収穫した野菜は、別棟の食卓にも並ぶ。信者は近隣住民とも打ち解けて会話するそうで、新興宗教の信者と知って警戒心を抱いていた住民も、話すうちに印象が良くなったと言っていた。

（IUって、宗教というより自己啓発のセミナーに近いみたいですよ）

住民の中には、感化されて信者になった人もいるらしい。引きこもっていた息子がI

Uの合宿に参加したとたん、性格が前向きになったと口をきわめて褒める人もいた。

宿泊客の荷物を調べたり、体育館のような場所で彼らの集会に紛れ込んだりしてみて、戸惑うくらいクリーンな印象を持った。

星界——つまり無限の宇宙と通信し、超越者のパワーを引き出すことができるのは、生まれつきの特殊能力が備わっているうえ、長く苦しい修行を重ねた法主のみだ——という教義は、たしかに宗教的だ。信者は法主が媒介するスーパーパワーに触れることで内に眠る能力を活性化させ、法主ほどではなくとも、力を使えるようになるという。

だが、教義に関して、明確に宗教的だと思えるのはその点だけだった。

(人間の身体は、成人でおよそ五十から六十パーセントが水分だと言われています)

(それ以外を形づくるのは、私たちが口から取り入れたもの。つまり、食物が私たちの身体のおよそ半分をつくっているんです)

(人間も自然の一部ですから、なるべく身体にいいものを食べようとすると、人工的なものよりも自然に近いものになっていく)

体育館で行われる教団幹部の講義はそんな感じで、「健康な身体をつくる」「自然に作られたものを食べる」「心を鍛える」「身体を鍛える」といった内容からなっている。

座学の合間には、田畑の手入れはもちろん、ヨガやピラティス、フォークダンス、ボルダリングなどで思いきり身体を動かす。夜は庭に寝ころび、星を眺めて瞑想にふけり、星界に心を飛ばす。自然に溶け込み、その一部になったことを実感する。

――まるで、〈梟〉みたいだ。

違うのは、年齢層や体格、運動経験もまちまちな信者たちに、無理な鍛錬を強いないことだ。できることだけをする。今よりほんの少し、身体機能を高める。そうすることで、身体の中に眠る自然と共鳴する力を上げ、少しずつ本来のパワーを取り戻す。

彼らの講義を見聞きして、嫌な気分になることはほとんどなかった。むしろ、史奈は多賀の里を思い出していた。

自分たちで育てた米や野菜を食べる。自然に感謝し、身体を動かし、鍛える。そんな暮らしのせいか、里の高齢者は八十代、九十代になっても元気だった。視力の衰えはしかたがないが、ほとんどが自力で畑の世話をし、井戸の水を汲み、必要とあらば木にも登った。

彼らの教義は、〈梟〉にも共感しやすく、親しみやすいものだ。

合宿のしおりを持参している信者の荷物から、史奈はさまざまな情報を得た。参加費用は、四泊五日でおよそ二十万円。合宿のあいだ畑仕事を手伝い、その収穫が食卓に並ぶ。彼ら専用の別棟の掃除や洗濯、ベッドメイクや配膳なども信者自身で行う。ホテル側のスタッフはチェックインや調理くらいしか協力しないことを思えば、法外な気はする。だが、参加者は苦にしていないようだ。

別棟には参加者が自由に書き込めるノートが置かれており、史奈は内容を盗み見た。

(生まれて初めての経験をしました。畑仕事も、ヨガもボルダリングも、こんなに気持ちがいいとは知りませんでした。来年もまた、必ず参加します!)

(今回で五回めです。今年は主人が体調を崩して来られず、残念がっていました。修行が足りないですね。主人の分まで充実した時間を過ごします)

(IU合宿で視野が広がり、希望が持てました。生き返ったような気分です)

(いつか法主様のように、星界との通信、私にもできるようになるでしょうか)

驚くほど参加者たちはポジティブで、宗教団体の合宿というよりは、自分の未来を切り拓《ひら》くためのセミナーにでも参加しているかのようにふるまっている。彼らが目指すのは、健康で強い身体と心をつくることだ。異世界との交信に興味がある者もいるが、それは一義的なものではない。

参加の頻度も、年に一回と決めている人もいれば、他県での開催時にまで参加する信者もいる。ホテルの宿泊費がいくらなのか知らないが、合宿のつど教団の懐に入る金額は、数百万円から数千万円にはなるだろう。五十万人の信者が、ひとり二十万円ずつ合宿代を支払ったなら、一千億円になる計算。しかもそれは、宗教法人なので非課税だ。

ホテル側も、彼ら専用の別棟と食事さえ用意すれば、あとはほとんどスタッフを必要としない。常に数十名から数百名の団体客が確保でき、売り上げが安定する。天蓮リゾートが急成長したのも頷ける。

またＩＵ側にしても、固定資産を抱え込むことなく、ホテルに資金を投入すれば全国に合宿所を確保できる。

互いにメリットのある関係なのだ。

講義の合間には、講師役の幹部がリードして、参加者に教団憲章を唱和させた。

（私はできる）

（私はできる）

（私は自分の力を尽くす）

（それでも成らないことは、星界の理にお任せする）

——これは、一種の洗脳ではないか。

彼らの唱和は、史奈にはつらいものがあった。それでも、一日の活動を終え、目を輝かせて風呂に向かう彼らを見ていると、ＩＵ教団の存在が悪いとも言いきれなくなる。

ノートには、過去の合宿参加で健康を取り戻したとか、自信がついて就職が有利に進んだとか、受験に合格したとか、感謝の言葉があふれんばかりに書き込まれている。

——これはいったい、何なの。

信仰か、自己啓発セミナーの一種なのか。

星界との通信や、超越者からパワーを受け取るなどという教義は、非科学的だ。

善か。それとも悪か。

〈狗〉の本拠地を奪おうとしていること、奥殿大地と関係があることなどから、天蓮リゾート社は何らかの暗部を抱えているのだろうと想像していた。その先入観のせいで、IU教団も最初から怪しいと思い込んだだけなのだろうか。知れば知るほど混乱する。

宗教団体の中には、信者の財産を巻き上げることが目的ではないかと疑いたくなるものもある。だが、半日ほど観察した限りでは、IU教団にその気配はない。星界のパワーを込めた壺《つぼ》を売ったりしないし、お布施を強要することもない。合宿はするが、出家して共同生活を送るわけでもない。ただ、ポジティブな生活態度を学ぶだけだ。教団憲章の唱和が、ある意味、洗脳に近いことを除けば、合宿は呆れるくらい健康的だ。しかも、より良い社会的生活を推奨し、参加者を幸福にしているらしい。

それの何が悪い、と問われれば史奈は戸惑ってしまう。何も悪くない。むしろ、素晴らしい活動だ。

教団の背後に〈梟〉がいる――いてもおかしくないという実感が強くなる。教団が推奨するのは、〈梟〉がこの四百年あまり実践してきた暮らしだ。

彼らは、教団のトップを「法主様」と呼んだ。「御師様」について語る者はいなかった。信者が荷物に入れていた教典らしきハードカバーの本にも、法主については記載されているが、御師の記述はない。

法主は写真も載っている。城陽月影《じょうようつきかげ》という六十代くらいの、柔和な目をした男性だ。もちろん、榊恭治とは別人だ。

信者と直接、会話すれば、あるいはもっと情報を集めることができたかもしれない。だが、そうすることで相手を警戒させてしまうのを恐れた。

天蓮リゾート蒜山を離脱し、丹後に戻りながら、史奈はＩＵ教団という存在に思いを巡らせていた。

「――まずコテージに向かう。それでいい？」

容子の声に、我に返る。

「わかった」

森山がいるかどうかはわからないが、〈狗〉の誰かが監視につき、盗聴器の音声を拾っているはずだ。

コテージに近づきすぎないよう、容子は一キロ手前で車を停めた。ここからは、徒歩で音を立てずに目的地に向かう。

コテージの明かりは消え、階段や廊下の非常灯だけが、窓越しに見えた。駐車スペースに乗用車が三台停まっており、天蓮リゾートの関係者が今も宿泊しているようだ。

――いったいどこに隠れてるの。

戸惑いながら、周辺にいるはずの〈狗〉を探した。彼らの嗅覚なら、史奈たち〈梟〉

が近づけば、かなり離れた場所からでも気がつくはずだ。

——どこにもいない。

周辺を探しまわり、史奈と容子は視線を交わすと、その結論に達した。

〈狗〉は、もうこのコテージを監視していないのだ。

12

——再び、こんな形で〈狗〉の里に向かうことになるとは。

彼らの隠れ里は、府道が山中で行き止まりになる、そのさらに奥に存在する。月の光で府道はかろうじて照らされているが、道の先はもはや真っ暗だ。

杉尾が経営する養鶏場など、〈狗〉の一族の社会との接点は、府道の途中にあるが、彼らの本来の拠点は、道なき道の向こう側だ。

車は、府道の途中にある神社の空きスペースに停めた。あとは歩いていく。

車を降りると、杉の木のてっぺんから、大鴉《おおがらす》が悠然と羽ばたいて去った。虫の声が絶えず、植え込みの陰で緑色に光っているのは、猫の目だろうか。

〈狗〉たちは、〈梟〉の接近など車を降りた瞬間に嗅ぎわけるだろう。だから、足音を消す必要もない。夜目のきく史奈たちは、懐中電灯も必要ない。周囲に注意を払いながら、油断なく府道を上がっていくと、ちょうど行き止まりのあたりに、黒い人影が五つ並んでいるのが見えた。

「――あんたら、〈梟〉やな。この先は通せん。帰ってくれ」

五人とも、史奈たちが見たことのない〈狗〉だった。中年男性ばかりで、森山や杉尾たちの父親くらいの世代だろうか。

いかにも〈狗〉らしい、炯々《けいけい》と眼光の鋭い男たちだ。中年太りとは無縁で、痩せて敏《びん》捷《しょう》そうなのは〈梟〉の父親世代の男性たちとも似ている。

「森山さんに確認したいことがあるのですが、この先におられますか」

少し切り口上かと思ったが、史奈は尋ねた。

「疾風ならおらん。帰りなさい」

にべもない答えだ。だが、ここで帰れと言われて引き下がるくらいなら、最初から首を突っ込んだりはしていない。

「一帯の土地を買収しようとしている天蓮リゾートの、背景がつかめたと思います。その話を森山さんとしたいんですが」

男たちは揺るがなかった。

「疾風が何を言ったか知らんが、わしら〈狗〉は〈梟〉の力など借りん」

――強情っぱりめ。

史奈は容子と視線を交わした。

次の瞬間、ふた手に分かれて駆けだす。どのみち、道などないのだ。

鉤縄を高い枝に引っ掛け、少しずつ高所に上がりつつ、ひらひらと枝から枝へ伝っていく。森山がいるとすれば、十條が監禁されているあの建物だろうか。それとも――。

追ってくるかと先ほどの男たちの様子を窺《うかが》ったが、彼らは史奈の動きを目で追うのみで、動かなかった。どのみちスピードでは若い〈梟〉にかなわないと思ったのだろうか。

どうして、〈狗〉はああも頑固なのだろう。〈狗〉と〈梟〉、生来の特殊能力を持つもの同士、協力すればどんな困難にでも立ち向かえるはずなのに、なぜ頑なに孤立の道を選ぶのだろう。

とはいえ考えてみれば、祖母たちの代まで〈梟〉だってそうとうに排他的だった。

風を切る音が右前方から聞こえ、史奈はとっさに左に避けて次の枝に飛んだ。危ういところで逃れたが、誰かが樹上から飛び降りて襲撃してきた。

「〈梟〉！　いいかげんにしろよ！」

この声は、きっと杉尾だ。史奈が逃げたので、いったん地上に下りた後、〈狗〉らしく走って追ってくる。

「森山さんに言いたいことがあるだけ！　会わせて」

「疾風は今もめてんだ！　会えねえよ」

「もめてるって何？」

杉尾が走りながら舌打ちする。なるほど、容子が見抜いたとおり、〈狗〉の内部で何か起きているようだ。

「あなたたち、何が起きているか本当にわかってる？」

杉尾は答えなかった。見失わぬよう史奈にひたと視線を合わせながら、大木の根が張り出す地面を、飛ぶように駆けてくる。

「それでいいの？　森山さんひとりに戦わせて、本当にいいの？」

「うっさいわ！」

杉尾が火竜だったら炎を吐いているだろう。そんな激しさで彼は顔を真っ赤にして怒鳴った。

——何か知っているのだ。

そう気づくと、史奈は前方の枝に掛けた鉤縄を引き戻し、勢いよく下に飛び降りた。

「うわっ！　何すんだ！」

目の前に落ちてきた史奈にひるんだか、杉尾が後じさった。その胸倉こそつかまなかったが、ぐいと身を乗り出す。

「杉尾さん。あなたは養鶏場を経営して頑張ってる。道の駅で見た。一族のためなんでしょう？　〈狗〉が生きていくための基盤を作ろうとしているんでしょう？」

「おまえらに関係ない！」

いかにも何も考えていないような軽い態度を装っているが、その実、一族のために真剣に努力して、安定した未来を作ろうとしているのだ。

――そういうの、嫌いじゃない。

「関係なかったけど、とっくに巻き込まれてる。この土地を本当に狙ってるやつらの正体、知りたくないの？」

「本当に狙ってる――だと？」

戸惑うように杉尾が言葉を濁した時だ。

誰かが拍手する音が聞こえた。史奈が振り返ると、そこに立っていたのは前に会った、十條彰の父親――〈狗〉の長だった。

「〈梟〉のしつこさには、呆れると同時に感心するよ、お嬢さん」

長は、暗い色の着物に銀鼠色《ぎんねずいろ》の帯を締めていた。前に見た時にはそれほどにも思わなかったが、こうしてみるとやはり、息子の彰に面立ちが似ている。

「おまえもおまえだ、則之。女ひとり相手に、何を手間取っている」

じろりと長に睨まれ、杉尾が落ち着きをなくした。

「お言葉ですが〈狗〉の長。この際、性別は関係ありません。なぜ森山さんに会わせてくれないんですか。まさか、彼まで監禁されているのではないでしょうね」

「いいから、黙って帰りなさい。帰らないなら――」

長の目が、よく研いだナイフのようにぎらりと光った。紳士的ですらりとした長身から、その気になれば暴力に訴えることもできるのだと、強い圧を発散している。そうとうな使い手であり、武術にも心得があることは史奈にも見て取れた。

だが、そんな手を使ったのは間違いだ。

相手が若い娘だから、暴力の気配で脅せばいいと思ったなら、勘違いもはなはだしい。〈梟〉の子どもたちは、力を前にして逃げろとは教えられない。

――強者による暴力など、無粋。

祖母なら、きっとそう切り捨てた。

相手に暴力で言うことを聞かせられると考える輩《やから》には、〈梟〉はしなやかな知恵で対抗する。圧倒的な力の差を感じ、いったん退却することはあっても、戦う前から諦めたりはしない。

考える。

どうやって勝つかを考え抜くのだ。

〈ええか、史ちゃん〉

こんなとき史奈は、祖母が傍らにいるように、頭の中で声が聞こえる。

〈あれは〈狗〉の長。だが遠慮することはない。おまえより身体が大きく、おまえより

経験を積んでいる。だから、あれはおまえに勝てると慢心している）

「――帰らないなら？」

史奈の問いに、〈狗〉の長が苦々しく笑う。

「思い上がるな、〈梟〉！」

長がこちらに跳躍するのと、史奈がブナの大木を駆け上がるのが同時だった。舌打ちし、長がこちらを見上げている。

「こしゃくな――」

そのまま史奈は〈狗〉の里の中心部に向かって、枝から枝へ移動を続けようとした。力で勝つ必要はない。森山の無事を確かめ、何が起きているのか知りたいだけだ。

「長！」

森山の声が聞こえ、史奈は手を止め枝から下方を見下ろした。

「疾風！　来るなと言ったはずだ」

「俺がふたりを呼んだんだ」

仏頂面の森山疾風は、あいかわらずボサボサに髪を乱し、狼の絵がプリントされたTシャツ姿だ。そして、その隣に不機嫌そうに容子が腕組みしていた。

「長、〈梟〉と話をさせてくれ。こいつら、とんでもない情報を持ってきた」

「おまえはわしの言うことが聞けんのか」

「俺は一族のことを考えているだけだ」

森山は、長の前でも堂々と自分の意見を通すつもりのようだ。そう見て取り、史奈は再び地上に下りた。今なら話を聞いてもらえるだろう。

「天蓮リゾートの背後に、ＩＵ教団がいる。その調査結果を知らせようと伊根のコテージに行ったら、誰もいなかった。だからこっちに来たの」

「ＩＵ教団――？」

長が眉をひそめた。だが、少なくとも史奈たちの話に関心を持ったようだ。森山がこちらに頷きかけた。

「悪かったな。コテージからは全員引き上げた。コテージ内の会話を盗聴していたら、とんでもないことがわかったんや。これからどうするか相談していた」

「とんでもないこととは――？」

「里の土地が、すでに一部、天蓮リゾートの名義に書き換えられているそうよ」

答えたのは容子だった。彼女の不機嫌な表情の理由もそれでわかった。

「〈狗〉の誰かが、黙って土地を売ったということ？」

一族に裏切り者がいたのか。

だから〈狗〉の長は、史奈たちの介入を強制的に排除しようとしたのだ。一族の恥をさらしたくないのだろう。

史奈は森山と容子に近づいた。

「元の持ち主とは連絡がつかない。自宅にいないし、高齢で子どももいないんだ。彼の土地は、近いうち長に譲渡する約束だった」

「疾風、やめなさい。部外者に、そんな話をするもんじゃない」

森山が憤然として何か言おうとしたのを、容子が「待って」とさえぎった。

「もし、その売主が自分の意思で土地を売っていない、あるいは認知症などで意思能力がないのに売買の契約を結んだ場合、その契約は無効になる。まずはその人を捜して、状況をはっきりさせるべきだと思う」

目を丸くして会話を聞いていた杉尾が、「おお……」と小さく感嘆の声を上げた。明らかに長は不愉快そうだが、容子の提案は彼の考えにも沿っていたようで、黙っている。

「コテージで盗聴している時、天蓮リゾートの社員は何か言ってなかった？」

史奈は森山に尋ねた。

「曽山《そやま》のじいさんについては、特に何も言ってなかったな」

「最後に見かけたのはいつ？」

「たしか――」

「やめなさい！」

長が割って入る。

「いいか、〈梟〉の。わしらは仲間じゃない。むしろ昔から、因縁のある一族同士だ。疾風が何を言ったか知らないが、土地の件であんたらの手を借りるつもりはない」

森山が唇を噛み、杉尾は諦めたような情けない顔で長を見ている。祖母の桐子が、里で絶対的なリーダーだったように、十條の父親も、傍《はた》から見て頑迷ではあるが、こうやって一族を従えてきたのだろう。

——だけど。

やるせない憤懣《ふんまん》に満ちた森山の表情。言っても無駄だと、投げやりな杉尾の表情。見ていると、こちらまで憤りを覚える。

長い一族の歴史の中で、〈狗〉と〈梟〉が親しく交わったという話は聞かない。史奈も、ハイパー・ウラマの件までは、一族の高齢者から〈狗〉の話など教わらなかった。だが、昔話なんて関係ない。〈狗〉を完全に信用するわけでもないが、十條彰を救出したいし、森山に協力を要請されて、助けたいと思ったのも本当だ。

「ならいいわ。行きましょ、史ちゃん」

容子がつんと顎を上げ、森山から離れて史奈のもとに歩きだした。

「親切の押し売りをするつもりはない。そっちで勝手にすればいい」

「待って、容子ちゃん」

史奈は容子を押しとどめ、〈狗〉の長を振り返った。

「〈狗〉の問題に私たちが首を突っ込むのは内政干渉かもしれない。だけど、私が森山さんに協力したのは、彰さんの件で長と話したかったから」

またか、という苦い表情を浮かべ、長が唇を曲げる。

「この危機的な状況に、あなたはまだ息子さんを座敷牢に閉じ込めておくんですか。いちばん頼りになるはずの人を」

「彰は自分から一族に背を向けたのだ」

「勝負してください」

史奈の言葉に、容子と森山が「えっ」と声を上げてこちらを見た。

「勝負だと？」

半笑いで長が首をかしげる。

「ハイパー・ウラマの続きをやりましょう。朝までに私たちの誰かが〈狗〉の防衛ラインを突破して、彰さんの監禁場所にたどり着いたら私たちの勝ち。たどり着けなかったらあなたの勝ち。あなたが勝てば、今度こそ私たちも彰さんの奪還は諦めます」

「――なるほど、いいだろう」

長は目を細め、しばらく何か考えていた。

「勝負ならルールが必要だな。武器の使用は不可だ。戦う際の武器は、身体のみ。ただし、防具の使用は可とする」

「いいでしょう」

対〈狗〉用のニオイ爆弾は、使い果たした。防具と呼べるものは持参していないが、しいて言うなら鉤縄は史奈たちにとって最大の防具だ。空に駆け上がれる。

「息子のいる建物に入ればそちらの勝ちなら、防衛する我々が不利だ。よって人数は定めなく、現在山にいる一族の者を総動員する。君たちはふたりだね」

そうだと史奈が頷きかけたとき、森山が声を上げた。

「長、俺は〈梟〉の側につく。だから三人だ」

「疾風！　おまえなに考えてんだよ！」

仰天して声を上げたのは杉尾だ。森山は意に介さず、こちらに近づいてきた。

「俺たちはこの山を知り尽くしている。アウェーのふたりに勝ったところで、そんなもの勝ったと言えるか？　そのくらいのハンデをやらなきゃ、かっこがつかないだろうよ。それに、俺は〈梟〉の女を嫁にもらうつもりだ」

「疾風、いいかげんに――」

うんざりしたように長が制止しようとしたが、森山は平気な顔で容子の肩になれなれしく手を回した。

「俺はこいつと結婚したい。俺たち〈狗〉には、女を里に入れない掟がある。だからみんな、外で子を産ませ、無理に女と別れて子だけを里に連れて戻ってきた。はっきり言って、ひどい話やで。長、あんたもそうしたんだよな。彰の母親と別れたとき」

とっくに不愉快の塊だった長は、もう苛立《いらだ》ちを隠さなくなっていた。

──そうか、長もまた。

〈狗〉の里に女はいないという奇妙な風習は、今も続いていたのだ。つまり、十條彰も幼いころに母親と別れた。長の後継者として。

「だけど俺は、女と所帯を持って、自分の──自分たちの子どもを一緒に育てたい。少しずつ、〈狗〉の掟を変えていきたいんだ。だから今回、俺はこいつらと一緒に戦う」

「──おい。私はあんたと結婚するなんて、ひとことも言ってない」

凍《い》てつく吹雪のように冷ややかな目で、容子が森山を睨んだが、彼はにっと笑って容子の背中をたたいた。

「知ってる、気にすんな。俺がそうしたいってだけの話や。返事はゆっくり考えてや」

容子が答えるより、長の怒りに満ちたため息のほうが早かった。

「疾風。おまえは見どころがあると思っていたが──」

「おお、もちろんだ長。俺はいつだって〈狗〉の将来を考えているからな」

森山は胸を張った。シャツにプリントされたペン画の狼が、誇らしげだった。

「〈狗〉の掟は、過去の呪いだ」

「──疾風。言葉をつつしめ」

長の言葉で、空気がぴりりと張りつめる。それでも、森山は平気な顔で牙を剝《む》いた。

「俺たちに、呪いを押しつけないでくれ。長や俺の親世代は呪いに負けて、好いた女と一緒になれず、泣かせて恨まれて下手すりゃ相手を死なせてきた。自分のせいじゃない、一族の掟のせいで別れたと自分に言い聞かせて耐えたはずや。だからって、下の世代にもそれを無理強いしないでくれ。俺たちはそんな呪いを跳ね返して、自分の道を開く。好きな女とは、一緒に歩いていく」

言いたい放題の森山は、史奈の予想以上に堂々としていた。ふと横を見ると、容子が唇にうっすら笑みを浮かべている。

長が、怒りを消し能面のような顔になった。

「――いいだろう。おまえがそう言うなら、〈梟〉の側につくといい。だが、〈梟〉のふたりは負けたら彰を諦めると言っている。おまえは負けたらその娘を諦めるんだな？」

底なし沼のように暗い目で見つめられた森山は、昂然《こうぜん》と顔を上げた。

「俺は負けない。嫁をもらうのも諦めない」

「条件をつけないのは、虫が良すぎるな。今夜負けたら、結婚を諦めなさい。それが試合の条件だ」

森山はしばらく長と睨みあっていた。

「――ええやろ。どうせ勝つのは俺らや」

「よし。条件成立だ。則之！」

いきなり呼ばれた杉尾が飛び上がった。

「はい！」

何か言いたそうだったが、杉尾はそれを口にする勇気はなかったらしい。

「みんなを集めろ。いいか、疾風が向こう側にいるからといって、手心を加えるなよ」

「は、ははは、はい！」

とんだとばっちりだ。飼い主に叱られた子犬のように、杉尾が慌てて森の奥に駆けこんでいく。それを見送った容子が、手を挙げて長の注意を引いた。

「もうかなり奥まで来ているので、いったん、私たちは府道の行き止まりまで下がりましょう。そちらがどうするかはお任せします」

「ずいぶん自信があるようだ。だが、フェアなやりかただな。勝負の開始はいつだ？」

「今から二十分後」

史奈が答えた。府道の行き止まりまで充分戻れるし、彼らにあまり準備の時間を与えたくない。

「いいだろう」

「終了は朝――日の出までと言いたいところですが、森の中では地平線から昇る太陽が見えないので、時間を決めましょう。午前五時に終了でどうですか」

長は頷いた。

「開始からおよそ二時間後だな。承知した」

「では」

容子と森山に目で合図し、府道の行き止まりまで駆け戻る。

「ふたりとも、いきなり巻き込んでごめん」

一応、謝っておく。容子が笑い飛ばした。

「史ちゃん、むしろありがたいよ。あの無礼な男にひと泡吹かせてやる」

すでに容子は拳を固めている。勝手に提案したのは悪かったが、クールに見えて誰より負けず嫌いな彼女なら、そう言うと思っていた。〈梟〉は勝負が大好きだし、容子はアスリートだ。勝つことが好きなのだ。

並んで走る森山も、存外まじめな顔でこちらを見た。

「俺もありがたい。いつかちゃんと、長に宣言したかった。それに、彰のことは俺も気になっていたんだ。今夜はいい機会をもらった」

「それより、いいの？　負けたら結婚を諦めるなんて、約束しちゃって」

からかうように容子が言う。森山は「けっ」と言い放って天を仰ぎ、笑いだした。

「そんなもん方便や。俺は勝つつもりやし、万が一負けたりしたら、〈狗〉の里に未練はない。おまえを追いかけて東京に行く」

自由奔放で、やりたい放題。だが、妙に憎めない。それが森山疾風だ。

「言っておくけど、私はまだあんたと結婚するなんて、ひとことも言ってないしそのつもりもないからね。そもそも、つきあってもいないし」

「今はまだ、やろ？」

そう言って、森山は勝ち誇ったようにニヤリと容子を見て歯を剥き出して笑った。

「こんな能天気、見たことがない」

呆れたように容子が呟いたが、いくぶん語調が弱いことに史奈も気がついた。

「それより、考えなきゃ。史ちゃん、作戦はある？」

「たいした作戦ではないけど――森山さんがいるなら、こんな手はどうかな」

史奈はふたりを集めて囁いた。

――〈狗〉の嗅覚を、逆手に取るのだ。

13

障子越しに月明かりが差し込むが、室内は暗い。〈狗〉の長、十條一興は、格子の向こうに目を凝らした。

布団に横たわる彰の影は、動かない。

今日の夕刻、里の所有権の一部がすでに天蓮リゾートに渡っていることが明らかになったため、主だった〈狗〉が長の家に集まり、深夜まで善後策を相談していた。いまだ話はまとまっていない。

すぐ隣の部屋で侃々諤々《かんかんがくがく》の議論が繰り広げられ、声は届いていたはずだが、彰は議論に入ろうとはしなかった。

――いや、彰を拒んだのはわしか。

前の長の葬儀に参列するため戻った彰を一興は躊躇なく捕らえ、頑丈な木製の格子で隔てた座敷牢に閉じ込めた。

〈狗〉には、人には言えない後ろめたい過去が多い。座敷牢を作ったのも、もとは彰の母親のためだった。次の子どもを身ごもっていた、咲子《さきこ》という女だ。その名前を思い出すのも、久しぶりだった。

もう、顔もぼんやりとしか覚えていない。

九州出身で、夫が刑務所に入っていた。刑期は長かった。籍は抜いておらず、要するに他人の妻だったのだ。気の強い女だが、どこか幸の薄い影がつきまとっていたのは、そういう事情のせいかもしれない。

地方の町にはいづらかったのだろう。大阪に出て、スーパーなどでパートをして細々と生活していた。たまに、スナックでもバイトをして、一興と知り合ったのだ。

さほど甘い言葉を囁いた覚えもないが、咲子は一興との暮らしに意外なほど素直に飛び込んできた。

〈狗〉には「妻」という概念がない。だから、一興にとって、咲子は「彰の母」だ。

彼女は、次の子どもが生まれたら子どもたちを取られて追い出されると知り、彰を連れて逃げようとした。それで、当時の長がこの家に連れ戻し、座敷牢に入れた。そこにまた、彰を捕らえる羽目になるとは業が深い。

――まあ、ひどい話だ。

そんなことは、若造に言われなくともわかっている。だがそれが、定住できない〈狗〉の習わしだった。情にほだされ妻を持った男が、一族を滅ぼしかけた昔話もある。時代が変わっても、〈狗〉の暮らしは変えようがない。

「――長。若い連中も何人か集まりました」

杉尾が呼びに来た。

ふだんは足を踏み入れてはならない長の家だが、非常事態だ。さほど広くもない板の間に、〈狗〉の一族が顔をそろえた。その数、一興自身と杉尾を入れて十二名。半数が高齢の長老たちで、若者は少ない。いつもなら眠っている時間帯だろうが、今夜はみな眠るどころではなく、目をぎらつかせている。

一興は彰を再び振り返り、動きがないことを確認して、皆の前に進んだ。

「〈梟〉の娘が、また侵入したらしいな」

前の長の弟、つまり一興の叔父が、禿《は》げあがった頭に手をやって唸った。時計を見ると、約束の勝負開始まで残り十分ほどだ。

「はい、叔父上。十分後に、やつらは府道から里に侵入します。午前五時までに、やつらがこの家にたどりつくかどうかの勝負を挑まれました」

「は、勝負とは。こざかしい」

「彰を自由にするかどうか、賭けています」

「──なんだと。馬鹿な真似を」

困惑ぎみに、叔父が首を横に振った。

「やつらを捕まえれば、勝負は終了。こちらの勝ちです。則之、もっと人数を集めよ。おまえの養鶏場に、まだ若いのがいただろう」

「はい、あと三人──。連絡して、みんな来るように言ってあります」

杉尾が殊勝に頭を下げた。

「なんだ、一興。疾風はどうした。あいつの顔が見えんが、さっきまでおっただろう」

叔父が見回している。〈狗〉らしい無精さと腕白小僧の憎めなさを兼ね備えた疾風は、長老たちのお気に入りだ。どちらかと言えばおとなしく、生真面目な彰は、年下の疾風と比較されることも多かった。

「疾風はこの勝負、〈梟〉側につきます」

「なんだと」

居並ぶ面々の表情に衝撃が走る。

「どうやら、〈梟〉の女に惚《ほ》れたらしい」

一興のひとことに、苦笑がさざ波のように広がった。

「――疾風のやつめ」

「まったく、しょうのないやつだ。あいつの女好きは〈狗〉随一だな。あいつの親父も昔から女の尻ばかり追いかけとったな」

「負けて戻ったら、お灸《きゅう》をすえてやらんと」

長老たちが、苦笑いしながら口々にそんなことを言い合うのを、杉尾はもの言いたげに見つめ、賢明にも黙ってうつむいた。

疾風は小さいころから陽気なガキ大将で、ひとつ下の杉尾は当時からの子分だ。さぞ複雑だろう。だからこそ、疾風が相手でも手心を加えるなと言わねばならなかった。

「〈梟〉は女ふたり。こちらは人数に制限なし。疾風でも貸さねば、かっこうがつきません」

「なるほどな。いいだろう。疾風のやつも、女の前でかっこうをつけたいのだろうが」

「〈梟〉もわかっているはずですが、われわれにはやつらの居場所が臭いでわかる。もうすぐ応援も来ます。ひとりに三人がかりなら、捕らえるのも時間の問題でしょう」

自分を含め、高齢の〈狗〉は勘定に入れていない。せいぜい、この家の出入り口を守るくらいの役にしか立たないだろう。先ほど〈梟〉の娘に凄《すご》んで見せたのは、脅せば黙って帰ると思ったからだ。

――そんなはずもなかったか。

一興は、ハイパー・ウラマの〈狗〉対〈梟〉戦を動画で視聴した。見ないわけにはいかない。古くから忍びの一族とされる、特殊能力を持つ同士が対決するのだ。

ひとりは疾風が結婚したいと言った娘。ルナと名乗っていたもうひとりが、先ほどの榊史奈だろう。パワーでは疾風らにかなわないが、身軽さ、敏捷さなどの身体能力と、冷静に作戦を組み立て、窮地を突破する才知は、一興も舌を巻くほどだった。

「杉尾、侮るなよ。ハイパー・ウラマの雪辱戦だと思え。今度は勝ちなさい」

杉尾がびくっと肩を揺らし、頭を下げて、若い一族を連れて出て行った。

「まあ、そう心配することはない。杉尾らに任せておけばいいだろう」

長時間の議論の疲れが出たのか、叔父が脂の浮いた顔を手のひらで撫《な》で、あくびをした。深夜のこの時間、〈狗〉は本来寝ているのだ。だが、〈梟〉は眠らない。夜こそ本領を発揮する。

午前五時まで二時間ほどだ。府道からここまで走るだけなら、三十分もかかるまい。

ふと、榊史奈という若い女の、まっすぐな双眸が目に浮かんでひやりとした。

——あれは、勝算がある目だった。

この家に侵入すれば勝ちという条件は、彼らに有利すぎたのだろうか？　三人の攻撃に対して、守備は何人用意してもかまわないという、〈狗〉にとって破格の条件なのに。

長老たちが、ある者は板の間の隅で横になり、ある者は日本酒の盃《さかずき》をやりとりし始めたので、一興は席を立ち座敷牢に向かった。

（あなたはまだ息子さんを座敷牢に閉じ込めておくんですか）

榊史奈の言葉が、耳から離れない。

（いちばん頼りになるはずの人を）

息子の彰は、とびきり利発な少年だった。一族の誰よりもの覚えがよく、目の細かいスポンジがたっぷり水を吸い込むように、知識を吸収した。またその好奇心は、あらゆる方面に触手を伸ばしていた。

天蓮リゾートという企業が、一族の里を我が物にしようと企《たくら》み、すでに一部を奪われてしまった今、彰なら打開策を考えることができるだろうか。

「——彰」

先ほど見たときから、彰の身体はまったく動いていない。

——そんなことがあるだろうか。

ぐっすり眠っているとしても、ここまで身じろぎしないなどということが。

「彰！」

格子戸に取りつき、声をかけたが、彰はぴくりとも動かない。嫌な予感に、足元から冷たい空気が這《は》い上がってくる。

一興は懐から鍵を出し、格子戸に三か所ついた錠前を開けた。鍵を持つ手が震え、鍵を差す時間ももどかしかった。中に飛び込み、布団をはいでギョッとした。

「――彰！　何をした！」

彰の首には、細い紐状のものが巻き付けられ、きつく縛られている。布団の裏を裂き、紐にしたようだ。顔は血色がなく真っ白で、触るとひんやり冷たかった。

――息をしていない！

こんな事態を恐れて、刃物はおろかフォークなど先が尖ったものも使わせず、ベルトや帯すら取り上げたのに。

一興は喘《あえ》いだ。

息子の希望を聞き入れず、監禁した自分の責任なのか。息子を殺してしまったのか。

〈狗〉の長のたったひとりの跡取りを――。

一瞬、目の前が真っ暗になったが、後悔している場合ではない。無理やりにでも立ち直らねばならない。やるべきことがあるのだ。

「誰か！　誰か来てくれ！　彰が自殺をはかった」

板の間で飲んでいた叔父が、仰天したように駆けこんでくる。杉尾たちはもう、勝負のために出て行ってしまった。皆に指示を出しているのか、何やら外が騒がしい。

「叔父さん、蘇生《そせい》を頼みます！」

まだ間に合う。勝負どころではない。いちばん近くにある車に運んで、町の病院まで走れば――。

勝負は中止だ。

一興は外に飛び出した。杉尾が振り向いた。

「長！　変なんです！　あいつらの臭い、四方八方から向かってきます――。嘘だろ、だって三人しかいないのに」

杉尾が、何度も空気のにおいを嗅ごうと鼻をうごめかし、困惑している。

「くそ！　何なんだよ、これは」

「則之、勝負はもういい！」

一興は叫んだ。

「彰が自分で首を締めた。蘇生して医者に連れていく。おまえは車を少しでも近づけてくれ！」

杉尾は、目玉がこぼれ落ちそうなくらい大きく目を見開き、「はい！」と答えると同時に駆けだした。

だが、〈梟〉と疾風に連絡する術はない。

――勝負は中止だ。

〈梟〉の娘は、彰を助けようとこんな勝負を申し出たのだ。こんなことになった以上、その提案は意味がなくなった。だが、連絡のしようがない。

杉尾が車を取りに戻り、残された〈狗〉の若者らは、統率者を失って困惑している。

「長、勝負は中止ですか――?」

「――いや、少し待ちなさい」

肝心の〈梟〉は、どこだ――。

空気に混じる微量の化学物質を、一興は丹念に嗅ぎ分けた。〈狗〉の若者たちの汗のにおい。ひとりひとり、嗅ぎ分けることもできる。

〈梟〉と疾風は、はるか先にいる。だが――何かおかしい。

〈梟〉はふたりしかいないはずだ。榊史奈ともうひとりの娘、ふたりとも〈梟〉特有のにおいがした。ふたりの体臭にも若干の差があるので、ちゃんとふたりを嗅ぎ分けることもできる。だが、奇妙なことに、榊史奈はまるで三人いるようだ。もうひとりの娘はふたりいる。どれが本物かわからない。疾風はひとりで、まっすぐこちらに駆けている。

「これは――」

これでは、どのにおいを追うべきか決めきれない。戦力を分散させてしまう。

——しまった。

これはきっと、〈梟〉の陽動作戦だ。

この勝負は止められないのだと、一興は悟った。〈梟〉は、全身全霊をかけて彰の救出に向かっている。

14

「時間だ」

森山がその嗅覚で居場所を探り、捕まえた野ウサギは三匹になった。つぶらな赤い目できょろきょろと史奈を見上げている。

それぞれに、史奈のシャツの右袖と左袖、容子のシャツの右袖を結びつけ、別々の方向に放して走らせる。

「ちゃんと、私たちから距離を取って走ってくれるといいんだけど」

「まあ、そこまでは期待すんな。時間だ、俺らも行くぞ！」

森山が一目散に駆けていく。

「じゃ、史ちゃん」

「うん、後でね！」

決めたのは、それぞれが取るルートだけ。あとはお任せだ。三人のうち誰かひとりでも、五時までにあの座敷牢にたどりつけばいい。

樹上は使わず、地上を走り、長の家の東側に回り込むつもりだ。ウサギは木に登れない。史奈が樹上を行けば、本物がどれかバレる。

豊かな森の地面は落ち葉が何層にも積み重なって腐り、ふかふかの土になっている。多賀の里を思い出す。

こんな時でも、走ると気持ちが良かった。足音に耳を澄ませ、敵の来る方向を見定め、拾った枝をあらぬ方向に投げたりして攪乱《かくらん》し、やや遠回りしながらも十條のいる建物に近づいていく。

府道の行き止まりから館まで四キロほどだ。山道でも、史奈の足は鹿にも負けない。多賀の里でも、こんな遊びをよくやった。

——もう、半分は来たかな。

そう思ったとき、まっすぐこちらに近づく足音に気がついた。〈狗〉にしては、ずしんと重い足音だ。体格が良さそうだった。足運びは危なげがない。岩や木の根を楽々と飛び越え、坂も平気で駆け下りる。スピードは抜群だ。

〈狗〉が嗅覚でこちらを探すなら、〈梟〉は夜でもよく見える目と、耳が頼りだ。

——だめだ、近い。

相手のルートから、こちらの居場所がバレたと確信し、史奈は手近な枝に鉤縄を飛ばし、幹を駆け上がった。息をひそめたところで、相手は〈狗〉だから意味がない。

「おお、俺が『あたり』やったな！」

道なき道を駆け下りてきた男が、熊のように吠《ほ》えた。あの声には聞き覚えがある。

——丸居《まるい》だ。

ハイパー・ウラマで、森山や杉尾とチームを組んだ大柄な男だ。

「逃げても無駄や！」

気づいた瞬間、どーんという音とともに史奈の足元が激しく揺れたので、急いで木の幹にしがみつかねばならなかった。

丸居が、幹に肩から体当たりしている。さほど太くもない木が何度も前後にしなり、ほとんど折れそうだ。

「無駄や、言うたやろ」

——馬鹿力！

丸居は、猛《たけ》りくるう雄牛のようだ。自分の肩だって痛いはずだが、意にも介さぬ様子で猛々しく唸り、激しく体当たりする。

——あっ！

飛び移る枝を見つけるまで、木がもたない。そう気づいて史奈は枝を蹴り、倒れゆく木の枝葉に巻き込まれないよう、飛んだ。横倒しになる木を、満足げなにやけた笑みとともに見つめる丸居の巨体が、真下に見える。

この男と、まともに組み合えば勝ち目はない。膂力《りょりょく》では向こうが勝る。

「あっ！　おまえ」

頭上の史奈に気づいた丸居は、目を丸くして飛び退いた。着地の衝撃を和らげるために、前方に回転して衝撃を逃がし、その勢いのまま史奈は駆けだした。このまま、彰がいる館まで走り続けるつもりだ。

驚愕が丸居を足止めしたのはわずかな間だった。彼も〈狗〉だ。巨体からは想像もつかぬほど、足が速い。ハイパー・ウラマの選手として送り込まれたのは、伊達《だて》じゃない。

この山が、彼らのホームグラウンドにあたることも史奈には不利だ。スピードだけなら、本来は身軽な史奈のほうが速いはずだ。だが、暗がりで見えにくい岩や段差、太く盛り上がる木の根っこなど、史奈が足を取られそうになるものでも、丸居は平気で飛び越えてくる。どこに何があるか、身体が覚えているようだ。

障害物を乗り越え、飛び越しながら走る技術は、子どものころから史奈も鍛えられている。ふつうなら飛び越えられない高さでも、楽々と越えるのが忍びだ。己の限界を知り尽くしているので、初見で自分が走りやすいルートを読み、そのとおりに走るだけだ。

丈高く成長した下草をかき分け、伸び放題の枝葉を払い、先を急ぐ。数メートルの間隔を守るのが精一杯だった。

「〈梟〉！　走っても無駄や。彰さんはもう、この世におらんぞ！」

丸居が叫んだ。内心の動揺を表に出さず、史奈は走り続けた。

――この世にいないって、どういうこと。

一瞬そう考え、丸居の作戦に違いないと思い直す。史奈を戸惑わせ、足を止めるための嘘だ。

――嘘に決まっている。

自分の目で見るまで、そんなことは信じない。

十條彰は、自身の研究に情熱を注いでいた。〈狗〉の遺伝子を改変する目的から始まった研究だが、彼の豊富な知識と経験はそれだけにとどまらず、今では栗谷和也と並んで、榊教授の右腕と目される存在だ。

――研究が完成するまで死ねるわけがない。

史奈が足を止めないと知ると、丸居が派手に舌打ちした。

西側から、もうひとつの足音がこちらに向かっている。ハッとした瞬間、左の茂みからフットボール大の物体が、史奈の目の前に飛び出してきた。

――ウサギ！

おとりに使った野ウサギだ。まだ史奈の片袖を身につけている。向こうもギョッとしたのか、足をもつれさせて地面に落ちた後、大慌てでどこかに逃げて行った。

――しまった、ウサギがここにいるということは。

足音が猛然と駆けてくる。ウサギを追って窪地《くぼち》から駆け上がってきた〈狗〉の若者が、葉をかき分けて史奈を見たとたん、気管に餅でも詰まらせたような顔になった。

背後で丸居が声を上げた。

「よっしゃ、おまえはここで終わり！」

樹上に戻りたかったが、残念なことにこのあたりは若い木が多いのか、幹や枝が細い。

――それなら！

現れた若者が体勢を整える前に、勢いをつけてそちらに飛んだ。反射的に身体をすくませた〈狗〉の肩を踏み台にしてジャンプし、高い枝をつかむ。あとは、雲梯《うんてい》の要領で、次々に枝に飛びついて前進する。

「何しとるねん！」

丸居が叱りつけ、怒鳴られた若者を連れて追ってきた。

高音の笛が鳴った。〈狗〉の若者が吹いている。史奈に遭遇したという合図だ。

耳を澄ませば、はるか西側でも笛が鳴っている。見つかったのは容子か、それとも森山か。

館までは残り一キロ程度だろう。後ろのふたりさえ引き離すことができれば——。

——しまった！

つかんだ枝が折れた。次に伸ばそうとした手が届かない。ぐらりと身体が揺れ、折れた枝とともに地面に落ちる。やはりこのあたりの木はまだ成長が追いついていないのだ。受け身を取って身体への衝撃を受け流すが、立ち上がる前に丸居が飛びかかってきた。横に転がって逃げる。あの巨体に押さえこまれると、逃げるのはひと苦労だろう。

「長の館へは行かさんで」

丸居が歯を剝いて唸る。まだ勝ってもいないのに勝ち誇っているのは、史奈がここから逃げられるはずがないと思っているのだ。

「どうしてあなたたちは、私や森山さんと戦うの？　ふたりとも結婚したくない派？」

史奈の問いに、ふたりはぽかんとした。おそらく彼らは、長に命じられるままに動いているだけなのだ。

「結婚——？」

「聞いてないの？　森山さんは〈狗〉の掟を変えて、結婚できるようにするため長と取引した。森山さんが勝てば、〈狗〉の一族は誰でも結婚できるようになる。それに十條彰さんは、満月の夜に他人の目を恐れなくてもいいよう、〈狗〉の体質を変えるための研究をしている。私はその彰さんを救出して、研究を続けられるようにしたい」

丸居は眉間に皺を寄せ、史奈の言葉を反芻《はんすう》しているようで反応が鈍い。だが、若い男のほうは落ち着きを失っていた。

「それって――〈獣化《じゅうか》〉をなくすってことか？　彰さんはそんな研究をしてたのか？」

「〈獣化〉？　あなたたちの体質を、〈獣化〉と呼ぶなんておかしい。ホルモンバランスが崩れることによる一時的な多毛症なんだから。十條さんは、コンプレックスを持たなくていいように、体質を変える研究をしている」

若い男は、史奈の説明で謎が解けたと言わんばかりに、真剣な表情で何度も頷いた。

「そうだったんだ――そんなこと、誰も言ってくれないから」

「おい横坂《よこさか》、何を〈梟〉に丸めこまれとるんや！」

丸居が苛立ったように、男の背中を手のひらでたたいた。粗暴なふるまいだが、丸居も見かけよりはずっと頭のいい男だ。〈狗〉の態度を見て、侮ってはいけない。

「俺らは満月の夜の〈獣化〉に、コンプレックスなんかあれへんで。あれは〈狗〉の証明や。満月の夜、いっせいに俺らは狼に戻る。それが昔から、一族の証明なんや」

――なるほど、一族の証明ね。

〈狗〉の一族が執拗《しつよう》に彰を取り戻そうとし、研究を諦めさせようとするのは、彼らが自分の体質を誇りに思っているからだとは聞いていたが、実感が伴わなかった。

彼らにとって、〈獣化〉はアイデンティティであり、一族のみの資質として、むしろ誇るべきことなのだ。十条の研究は、彼らにとって迷惑そのもの。そう聞けば、わからないでもない。

「そのままでいたい人は、そうすればいい。十条さんの研究は、満月の夜の外見を変えたい人だけが恩恵を被ることができる。べつに、〈狗〉が全員、今のようでなくなるってわけじゃないし」

「そんなこともできるのか――」

「そのための研究を十条さんはしているから。それに、掟で禁じられているらしいけど、結婚はしたくないわけ？」

「いや、考えたこともなかっただけだ。結婚できるのなら、俺はしたい」

丸居が睨んでいるのに気づいていないのか、若い男が話に乗ってきた。彼のほうが若く、丸居より素直だ。ひょっとすると、つきあっている女性でもいるのかもしれない。

外の世界では、生涯、結婚しないという選択を積極的にする人も増えたし、結婚といっても男性と女性のペアとは限らず、男性同士、女性同士と多様化している。〈狗〉の若者がこんなに素直に「ふつう」の暮らしや男女間の結婚に憧れるというのも、これまで結婚を禁止されてきた一族ならではの反動だろうか。

「横坂！　おまえ、長の命令やぞ！」

丸居に怒鳴られ、若者は大事なおもちゃを失った子どものように生気を失った。

「——すいません。だけど、〈梟〉の言うことが本当なら、俺は彰さんや疾風さんを応援したいです。丸居さんは、結婚したくないんですか。彼女と一緒に住んで、ふつうに家庭を持ちたくないんですか」

「あほう！　〈梟〉の策略に引っ掛かるな！　こいつは、自分の目的を達成するために、俺らを動揺させようとして適当なことを言うとるんや！」

「そんな——」

　横坂が助けを求めるようにこちらを見た。違うと否定してくれと、その目が懇願していた。史奈を信じたいのだ。彼はこちらの味方にできる。史奈は確信した。

「丸居さん、それは違う。目的を達成したいのは確かだけど、私が言ったのはどちらも本当のこと。十條さんや森山さんは、〈狗〉の掟を変えたいと言ってる。現代社会の生活に適合した、新しい〈狗〉になろうとしてるんだ」

「おまえは〈梟〉やろが。他の一族に首を突っ込むな！」

「でも、今の長もいずれは年をとる。次の長は彰さんでしょう？」

　その言葉には、丸居も動揺を隠せなかった。彼は、当代の長に忠実に従ってきた。だが、彰が長の座についた時、この件での丸居の役割が知られればどうなるか、一瞬でも考えないではいられなかっただろう。

「この、くそ〈梟〉——」

丸居がつかみかかってくる。だが、横坂が史奈との間に割って入った。

「待ってください、丸居さん！　話を聞きましょう。俺、こいつはまともなことを言ってると思います」

「横坂！　疾風が敵側にいるからって、手心を加えるなというのが長の命令やで」

「その長の命令に、納得できないから疾風さんや彰さんが抵抗してるんですよね？　俺だって、ふたりと同じ気持ちですよ！　だって俺にも彼女がいるんです。そろそろ結婚したいって言われてます。びっくりするかもしれないから、まだ本当の姿は見せてないっす。だから、わかるんすよ、ふたりが掟を変えたい気持ち」

「横坂――」

史奈はそろりとふたりから離れた。

「待って、ふたりとも。ゆっくり話している時間はない。私は早く館に行って、彰さんを救出したいから。もう座敷牢になんか、閉じ込めておけない」

「座敷牢だと――？」

今度はふたりとも、戸惑ったようにこちらを振り向いた。横坂はあまりのことに衝撃を受けたように、両手を身体の横にだらりと伸ばし、茫然と立っている。

「なんだよ、座敷牢って――長は、彰さんを――自分の息子を、そんなもんに閉じ込めてんのかよ」

だんだん、丸居の頬に赤みがさしてきた。事情がわかってきて、彼は猛烈に怒っているようだった。おそらく、従順に上の世代に従っていた自分に。上の世代の考えに疑問を抱きながら、正そうとしてこなかった自分の愚かさに。

「おい、〈梟〉！　ここを蹴っていけ！」

丸居が自分の側頭部を指さした。

「思いきりやれよ。俺が気絶したことにでもしなきゃ、おまえを逃がした言い訳ができないんだよ。見逃してやるから、必ず館までたどりつけ。だがな、彰さんは自分で首を締めたらしい」

「――え？」

急に、自分を取り巻く空気の温度が、二度くらい下がった気がした。

「さっき長が蘇生しようと助けを求めてた。俺は馬鹿だな。ついさっきまで、彰さんは長の息子で、恵まれすぎて甘ちゃんなんだと思ってたよ。そんな状況だったとはな」

――蘇生しようとしているのなら、まだ死んだとは限らない。

史奈は深呼吸した。

「なら、とにかく救出する。もし必要なら病院まで運ばなきゃ」

「ああ、頼む。俺たちも後から追いかける。彰さんを助けてやってくれ」

ほら、と丸居はまっすぐに立ち、昂然と顎を上げた。無抵抗の人間を蹴るなんて、本当ならば絶対にやりたくない。だが、彼らにも立場があるだろう。遠慮したり、控えめにするのはむしろ失礼だ。

「ごめん！」

丸居は背が高い。回し蹴りのハイキックを左側頭部に入れた。会心の一撃だった。親指を立てて「やるな」と言おうとしたらしい丸居は、そのまま白目をむいて倒れた。

「ま、丸居さん！」

横坂が大慌てで駆け寄る。あとは頼んで良さそうだ。

史奈は再び駆けだした。十條が自殺をはかったと聞いて、急がないわけにはいかない。

15

〈狗〉の若者たちは、それぞれがターゲットを探して駆けていった。

――むなしいことだ。

彰が自裁をはかった今、こんな勝負に何の意味があるのだろう。

彰の蘇生を手伝うために屋内に引き返したとき、ふたたび一興は仰天した。

もう、〈梟〉がここまで来たのかと思った。

板の間に、長老たちが三人倒れている。座敷牢のある部屋に駆け込むと、そこには叔父ともうひとりが倒れていた。

そして、彰の姿はなかった。

「叔父さん！」

意識を失っている叔父に活を入れると息を吹き返し、荒い息を吐いて、ゆるゆると起き直った。唇を「へ」の字に曲げて首筋を揉《も》みながら、叔父がぼやき始める。

「――彰のやつ。年寄りにも遠慮がねえな」

「彰？　これは彰がやったんですか？」

戸惑いながら周りを見回す。

「あいつ、仮死状態を装ったらしい。俺も、てっきり彰は死んだと思ったよ。まったく、いい腕だぜ、畜生め」

――あれが、演技だったというのか。

自分の息子ながら、驚いた。あそこまで迫真の仮死状態を作れるとは予想外だ。忍びの一族としては感心し、誇りに思うべきなのだろうが、「息子にしてやられた」という衝撃が先に立った。

「一興、彰は〈梟〉と合流する気だぞ。臭いで〈梟〉が来たことに気づいたんだろう。わしらの会話を聞いていたとしたら、騒ぎに乗じて逃げられると踏んだのかもな」

――なるほど、彰らしい。

あれは子どものころから、妙に知恵の回るやつだった。

一興は、家の外に飛び出した。

目を閉じて深呼吸すると、冷たい夜気が鼻腔《びこう》に満ちる。嗅覚に集中した。

彰が逃げた方向はわかった。だが、向かった方角には小川や池がある。おそらくにおいを追っても見つからない。〈狗〉同士だ。手の内を知り尽くしている。川に入るなどして、自分の臭跡を消すはずだ。

「くそ――」

そのまま、行方をくらますつもりだろうか。

一キロほど先で、呼子が鳴り始めた。誰かが〈梟〉を見つけたのだ。あるいは、疾風を見つけたのかもしれない。

疾風と〈梟〉が館にたどりつけても、たどりつけなくても、彰が逃げた今となっては、もはや勝負に意味がない。

また、別の方角で呼子が鳴り響いた。

16

「容子ちゃん！」

もうじき館が見えてくるという時、容子と森山が走ってきた。ふたりは途中で合流していたようだ。容子は涼しい顔だが、森山は腕が傷だらけで、自慢の狼Tシャツは泥で汚れている。

まだ、時刻は午前四時十分。期限の午前五時まで、余裕がある。

「あと少しね、史ちゃん。追手は？」

「だいぶ遅れると思う」

走りながらなので、詳しい説明は省略した。

「十條さんが自殺をはかったらしい」

「それほんと？」

「マジか？」

彼らは知らなかったようだ。容子はぎゅっと唇を結び、森山は手近な木の幹を思いきり殴りつけた。目が据わっている。

「長が蘇生しようとしていると聞いた。まだ諦めてはいない」

「当たり前だ！」

森山が吐き捨て、スピードを上げた。この男も、激しい怒りを燃料に変えるタイプだ。うわべは軽薄で、粗野な戦士を装っているが、心の芯に火がつくと、誰にも止められない。燃え盛る闘志に突き動かされ、咆哮《ほうこう》して突進する。

——本当に、〈狗〉と〈梟〉には意外と似たところがたくさんある。〈狗〉の環境は過酷すぎて、かけ離れた存在だと感じていたけれど、忍びの一族だということを抜きにしても、自分たちには共通項が多い。特殊な能力。高い身体能力。ストイックな暮らし。仲間の結束の固さ。そして、不屈の精神だ。

森を抜け、いっきに開けた土地に出る。

——長の館だ。

こぢんまりとした古い日本家屋を背にして、高齢の〈狗〉が五人、並んでいる。真ん中に腕組みして立つのは長だ。

「彰さんはどうしたの！」

誰も彰についていないのかと驚き、史奈は叫んだ。長が眉を上げた。

「——自分の目で確かめろ」

館に入るには、彼らを排除しなければならない。

「長と右のふたりは任せろ！」

「わたしは左のふたりね。史ちゃんは中へ！」

森山と容子が阿吽《あうん》の呼吸で分担を決める。

「舐《な》めるなよ、疾風」

睨む長の後ろで、八十の坂は越えていそうな老人が、歯の抜けた口を開いて大笑いしている。

「疾風のやつめ、変わらんの。だが、わしらはちと手ごわいぞ」

「そうか？」

森山が顔色ひとつ変えずに首をかしげ、三人に突進する横で、容子が猛ダッシュして館の左に回り込んだ。

「史ちゃん、私は裏口から入るから！」

——なるほど、そういうことか。

左にいたふたりが、あたふたと容子を追って裏口に走って行った。

「俺、お年寄りには親切なんやで！」

森山が軽い口調でそう宣言し、長以外の長老たちの胸倉をつかむと、軽々と森に向かって投げ飛ばした。

相手の体重は軽そうだが、こんなに楽々と投げ飛ばせたのは、向こうがそれを最初から受け入れていたからのようにも見えた。

「疾風、おまえ——」

「失礼とか無礼とか言わないですよね、長。勝負に失礼なんかないですよね！」

森山が長とがっぷり四つに組んだのは、動きを封じて史奈を館に入れるためだ。

「行け、史奈！」

森山が長を食い止めている、この瞬間がチャンスだった。史奈は館の引き戸を開き、三和土に飛び込んだ。蠟燭《ろうそく》の明かりが眩《まぶ》しい。

──建物に入れたら勝ち。

「勝った！」

史奈は右こぶしを天井に向けて突き上げた。ほぼ同時に裏口の扉も引かれ、容子が飛び込んできた。顔を見合わせて頷き、板の間に駆け上がる。

中で待ち伏せしているかと考えたが、それはなかった。予想した以上に、〈狗〉の里は人が少ないのかもしれない。

そう言えば、祖母の桐子も里の人口減少を案ずるあまり、里を下りる人に苛烈だった。

「彰さん！」

座敷牢への襖を勢いよく開く。

──誰もいない。

座敷牢の鍵が開いており、もぬけの殻だ。

「これはどういうことですか？」

引き返し、森山と取っ組みあっている長に声をかける。森山もようやく、様子がおかしいと気づいたようだ。ふたりが離れ、長は着物の襟を整えて居住まいを正した。

「彰は出て行った」

「それじゃ、生きているんですね！」

「生きているとも。死んだふりで私たちを騙して、まんまと逃げたんだ」

憮然として顎を撫でる長に、森山がようやく愁眉を開いた。

「長を騙すとは、やるじゃないか彰のやつ」

森山がずけずけと言った言葉に、長が顔をしかめる。

「やれやれ。疾風のやつ、女のためなら、わしらを投げ飛ばすくらい、へっちゃらだな」

「しかたがあるまい、あいつは盛りのついたオス犬みたいなもんなんだから」

森からゆっくり引き上げてきた長老ふたりが、口々に森山をからかっている。

「なんだよ爺さん、冗談じゃないぜ。彰がいなくなったのなら、どうしてみんなでここを守ってたんだよ」

「いやあ、守る意味はなくなったが、〈梟〉相手に一戦まじえる、せっかくの機会だからな」

好戦的な〈狗〉たちには、ほとほと呆れる。

「いや、意味がなくなったわけじゃない」

森山が表情をあらためた。

「彰の件はそうだが、忘れてもらっちゃ困るな。俺との約束は覚えてるよな、長」

(今夜負けたら、森山は結婚を諦める)

そういう約束だ。そして、こちらが勝った。

みんなが、森山と正面から対峙《たいじ》する長を見つめた。長の表情は鋼のように硬く、態度に揺るぎがない。

周囲はしんと静まり返った。

ふいに、長が唇を緩めた。

「結婚がどうとか生意気を言う前に、相手を説得して、承諾を得てから来い」

なんだと、と気色ばみかけた森山が、長の言葉の真意に気づき、ハッとする。

「――つまりそれは、いいってことだな?」

「約束は約束だ」

森山自身、まさか長が約束を守るとは思っていなかったのかもしれない。彼はしばし驚きのあまり放心状態だった。

やれやれ、とため息をつきながら容子が館を出て森山に近づき、彼の背中に目が覚めるようなパンチをくれた。

「良かったわね、森山」

「お――おまえな」

森から、〈狗〉の男たちが口々にしゃべりながら現れた。

「ちぇっ、なんやもう終わったん？」

「くそ、〈梟〉の女に負けるとはな。疾風のやつが向こうにつくからだ」

「ええから、おまえは負けたことを反省しろ」

「もう一回やろうや、もう一回！」

あえて史奈に負けてくれた丸居も、そしらぬ顔で横坂とともに歩いてくる。

眉間に皺を寄せ、小言を言おうと待ち構えていた長が、口を開きかけて絶句した。

車を取りに走ったはずの杉尾が、のんびり歩いてきたのだ。その後ろに――。

「やあ、父さん」

十條彰が、びっしりと短い髭《ひげ》の生えた顔をさらし、立っていた。その場が驚愕で静まりかえっていることに気づき、小さく頭を掻いている。

「とっくに逃げたのかと――」

ようやく長が声を絞り出す。その声はもはや、先ほどのように自信に満ちてはいない。

眉をひそめ、困惑している。

十條彰は、みんなの顔を飄々《ひょうひょう》とした態度で見回した。

「話し合うんだろう？　知らない間に他人に売られたらしい、〈狗〉の土地について」

17

少し時間をくれ、と告げて姿を消した十條彰は、きれいに顔中の毛を剃ってから再び現れた。

〈狗〉の長の館は、館と呼ぶのもためらわれるほど、つつましやかな造りだ。彰が囚《とら》われていた座敷牢のほかは、寒々しい板の間だ。

その板の間に、長を囲んで〈狗〉が腰を下ろす。長の近くは高位の一族が座るならわしか高齢者が多いが、森山は当然のようにそこに交じっている。史奈が初めて見る若者と、中年男性も数名いた。状況が飲み込めず、周りにひそひそ声で尋ねているところを見ると、急遽《きゅうきょ》、府道の下にある家などから呼びつけられたのだろう。〈梟〉なら早朝でも関係ないが、〈狗〉は眠る。たたき起こされたらしい若者は、眠そうな目をこすっている。

室内に、女がふたりいることに気づいて、ぎょっとした男もいた。それほど、この里で女性の存在は禁忌なのだ。

森山の隣に彰がしなやかな身のこなしで割り込み、自分の席を作って腰を落ち着けた。

——たったこれだけだろうか。

板の間に集まった〈狗〉は、二十人にも満たない。

史奈と容子は、壁を背にして〈狗〉とは少し距離を空けて座っていた。本来の〈狗〉の姿に戻った彰を目にしてから、容子は口数が少ない。心配になり、つい史奈は小声で尋ねた。

「容子ちゃん――大丈夫？」

容子が、我に返ったようにこちらを見た。

「もちろん。どうして？」

「びっくりしたんじゃないかと思って」

なにしろ、彼女に積極的にアタックしている森山疾風も、彰と同じ〈狗〉の一族だ。

容子は微笑した。

「心配ない。ちょっと驚いたけどね」

森山が、目だけ動かしてこちらを見た。おそらく彼も、容子の反応が不安なのだろう。

「曽山さんの土地の話だ」

彰が口を開くと、〈狗〉たちが彼に視線を集中させた。

彰の声は低く、落ち着いている。危急の際には、胆力を感じさせてプラスになった。先ほどまで森山をからかっていた長老たちも、彰の声に耳を傾ける。あれほど彰の勝手を許さなかった長まで、一度は失ったかと思った息子の言葉を、黙って聞いていた。

「俺たちの本拠地の中でも、府道への最短コース上にある重要な土地だ。言うまでもないが、開発を始められると目障りになる」

「どうする。――手当たり次第にやつらをぶっ殺そうか？」

森山が鋭く伸びた牙のような犬歯を剝いて、殺気をみなぎらせる。この男は闘志が強すぎて、時に物騒だ。

「まあ待て、疾風。もうそんな時代じゃない」

彰が受け流し、周りを見渡した。

「まず、曽山さんの土地を合法的に取り返せるか試そう。そもそも、あの土地はすでに名義を書き換えられた後なのか？　まだそこまで確認は取れていないんだろう？」

森山が頷く。

「ああ、取れてねえ。天蓮リゾートのやつらの会話を丸居が盗聴していたときに、土地が手に入ったという話が聞こえただけだ」

「では、まずは法務局だな」

容子が手を挙げた。

「正確な番地がわかれば、ネットの登記情報提供サービスで登記情報が見られる。番地を教えてくれるなら、私がやってもいい」

「ありがとう、長栖さん。お願いする」

気のきく杉尾が、紙に住所を書きつけて渡した。容子はすぐさま、スマホで何かを入力し始めた。

「残念ね。名義はもう書き換えられている。いったん曽山さん名義から奥殿大地名義になって、現在は天蓮リゾート名義ね」

「なんだそれ、手回しがいいな」

ぼやくように森山が唸った。

「では次だ。現在、曽山さんとは連絡が取れない。最後に彼を見たのは？」

彰が頷く。

「俺だ。曽山さんが町に行くと言ったから、車で与謝野町《よさのちょう》まで送った。三日前だ」

杉尾が手を挙げる。

「それ以後に見た者はいないな？」

彰の質問に、手を挙げる者はいない。

「曽山さんの家は、誰か確認したか？」

「おう。土地の件があったから、今日の——もう昨日だな。昨日の夕方、悪いが戸をこじ開けて、俺が中を確認させてもらった。誰もいなかったよ」

「そうか。疾風、後でいいから、曽山さんの家に行って、手紙や書類など関係ありそうなものが残ってないか見てくれ。実印とか、土地の売買に必要なものはあったか？」

「それも一応は探したよ。だけど、何もなさそうだったな。実印も見当たらなかった」

彰が森山に頷きかけた。

「ありがとう。では次だ。曽山さんが今どこにいるか捜そう。誰か心当たりは？」

問われた〈狗〉たちは首をかしげ、居心地悪そうに周囲を見回している。口を開いたのは長だった。

「曽山さんに子どもはいない。八十を過ぎてからはほとんど家にこもっていたから、里の外に知人はいないだろう」

「それなら、天蓮リゾートが住まいを提供している可能性がある」

彰の言葉に、容子もかすかに頷いている。

曽山老が天蓮リゾートに土地を売ったのなら、裏切り者として糾弾される可能性があるので、もう里には戻れない。当然、土地を売る代わりに新たな住まいを提供するよう、交換条件を出したはずだ。

「曽山さんの体調は？　医者にかかっていたかどうか、誰か知らないか」

「二か月に一回くらい、こっそり与謝野町の病院に行ってたな。大酒飲みで、肝臓が悪かったみたいや。俺らには言いたくなさそうやったから、知らん顔してたけどな」

森山が渋い表情で応じた。長老たちが、曽山の顔が黄疸《おうだん》で黄色くなっていたとか、時々苦しそうに腹を押さえていたとか、ひとしきり言い交わしている。

「ま、しゃあないわな。わしら〈狗〉の末路は、たいがいあんなもんや」

「女とは縁を切っても、酒とは縁が切れんからな」

〈狗〉たちが乾いた笑い声を上げた。

「では、病院にいるのかもしれない。杉尾が与謝野町まで車で送ったときも、病院に行ったんじゃないのか」

彰の言葉に、長が驚いた様子で組んでいた腕をほどいた。土地が売られたことに衝撃を受け、曽山老が入院している可能性にまで気が回らなかったのだろう。

「与謝野町のどの病院に行っていたか知っている者は？」

杉尾が手を挙げた。

「俺、だいたいわかります」

「ありがたい。曽山さんが入院していないか、問い合わせてほしい。それから」

彰がてきぱきと指示を出し、曽山老を探すための分担を決めるのを、史奈は見守った。自信に満ちている。本当に長の息子なんだ、とあらためて感じた。

杉尾が病院に問い合わせる。それでも見つからなければ、近隣のホテルなど宿泊施設と、老人ホームへも手分けして問い合わせる。

「俺、今から病院に行ってみます。電話じゃ答えてくれないだろうから」

杉尾が席を立った。

「――曽山さんの土地は、取り戻せるだろうか」

長が沈痛な表情で尋ねた。

「正直、まだなんとも言えない」

「彰、これは詐欺とちゃうんか」

目に怒りを溜《た》めた森山が、厳しい声で問う。

「そう思いたいが、曽山さんが思うところあって家と土地を売ったのかもしれない。詐欺なら警察に訴えることもできるし、登記の名義を回復するよう、申請もできるだろう。だが、曽山さんの意思で土地を適正に売却していた場合は、天蓮リゾートとの交渉に持ち込むしかないな。とにかく、曽山さんを見つけて事情を聞こう」

——天蓮リゾートが、土地の売買取り消しに快く応じるとは思えない。

奥殿大地が彼らと通じている。奥殿が、〈狗〉への嫌がらせ、あるいは懲罰として土地を購入するよう天蓮リゾートをそそのかしたのかもしれない。

どことなく、場の雰囲気が重くなったのを史奈は感じた。

「今は、あまり先々のことまで考えないほうがいいかもしれないが、いい機会だから言わせてもらう」

彰が皆を見回した。

「曽山さんの土地は、諦めるのもひとつの手だと思う。俺はずっと前から、この里を解散することも視野に入れていた」

「——彰！」

何を言いだすのかと、長が驚愕したように腰を浮かせ、息子を見やった。彰は動じず、岩のように腰を据え、長と正対した。

「俺は、〈狗〉の伝統的な暮らしはもう限界だと考えている。女性を一族と認めず、子を産む道具のように扱い、女児が生まれても養女に出してしまう。一般的な家庭を持つことも許されない。もう、そんな時代じゃない」

「待て、彰。〈狗〉は何百年も、代々そうやって暮らしてきたのだ。女を排除したのは、我々の過酷な暮らしに女が耐えられないからだ」

「違うよ、父さん。そもそも、なぜ俺たちは過酷な暮らしを強いられているんだ？　戦後までの〈狗〉は、定住せず名前もなく、戸籍すら持たなかった。当時の長が、時代の変化を見逃さず、定住への道をつけるまでは。次は、山を下りて町に住み、一般的な家庭を築くことも考えるべきだ。でないと——」

彰は、一族を見回した。

「何人か外の仕事に出てはいるが、俺たち〈狗〉は、もうこれだけしかいない。絶滅するのを待っているのか？」

長が黙り込む。難しい顔をして沈黙していた長老たちが、睨むように彰を見た。

「彰よ。おまえ、わしらが町に住めない理由くらい知っとるやろ。何年か東京に行ったくらいで、もうわかったような顔してそんなことをほざくのか?」

「満月の夜、俺たちは姿が変わる。町に住めば、誰かにその姿を見られるかもしれない。つまり、〈狗〉はずっと魔女狩りを恐れて、人に交わらなかった。そうですよね」

「そうだ。それでもおまえは、わしらに町に出ろと言うのか?」

「だから俺は、東京で研究しているんです」

彰が姿勢を正し、長や長老たちをまっすぐに見返した。

「満月の夜の姿を、一族は愛してきた。〈狗〉が狼の子孫だという証《あかし》だから。神話の時代から、俺たちは狼の子だった。満月の夜の姿こそが本当の姿だと教えられてきた。だけど、それが命を奪われる原因になることもあったのは、あなたがたならよくご存じでしょう」

決まり悪そうに、長たちが視線を落とす。

「人間は、自分と異なるものを恐れ、嫌う。うっかり満月の夜に俺たちの姿を見た人間は、あれは鬼だ、人狼だと言い、石を投げ、刀を持って追いかけた。ふつうの暮らしができなかったのは、この性質のせいです」

ふだんもの静かな彰だが、いったん語り始めると饒舌《じょうぜつ》だった。胸の中で温めてきた言葉があふれる。

「嗅覚の鋭さや身体能力の高さは、時に人を驚かせたり、居心地の悪い思いをする原因になることはあっても、そう邪魔なものでもない。しかし、狼のような外見になる性質は、一族にとってデメリットでしかない。だから、俺たちの世代は無理でも、子どもたちの世代からは、その性質を取り除きたい。そのための研究をしているんです。めどはついています。あと五年あれば、受精卵から安全にその性質だけを取り除くことができるようになると思いますよ」

長老たちは、衝撃を隠せなかった。彼らにとって、満月の夜の姿は、「ふつうの人間ではない」証だ。

異様な姿ゆえに山奥に隠れ住み、場合によっては追い立てられ、命すら危ういような目にも遭ってきた。それでも、自分たちが特別だと思うことで、かろうじて自尊心を保ってきた。そう考えると、彼らの反応は哀れですらある。

だが、森山たち若い世代の反応は正反対だった。彼らは彰の言葉を聞き、目を輝かせていた。史奈の見たところ、黙っていたのは長老たちへの配慮からだ。

「──おまえは間違っている」

長が低く呟いた。

「わしらのこの姿も、天からの授かりものだ。受け入れない人間どもが愚かなのだ。愚かな人間に、わしらが合わせる必要はない。ましてや、子孫の姿を変えるなどと」

長老たちが、何度も頷いている。やがて彼らは、長を中心に立ち上がった。

「曽山さんの土地だが、もし奴らが返さないと言うなら、わしらにも考えがある。黙って引き下がるつもりはない。いいか、彰。わしらの目が黒いうちは、おまえの好きにはさせんぞ。昔からのならわしには、それなりの理由があるものだ」

「いいでしょう。まだ父さんが『長』だ」

彰がわずかに頭を下げた。

「だが、次の世代を縛るのはやめてください。時代は大きく変わった。時代に合わせて、俺たちも変わる。変われなければ、一族は生き残れない」

彰が立ち上がったとき、彼のそばに立ったのは、森山や丸居を含む若い世代の〈狗〉たちだった。

新旧世代の〈狗〉たちは、厳しい表情で互いを見つめあった。そこには苛立ちと怒り、譲れない思いとかすかな悲しみがあった。

——決別。

そんな言葉がふと浮かび、史奈はぎゅっと手のひらを握りしめた。別の一族のことながら、それは悲しすぎる。

「俺たちは曽山さんを捜しに行きます」

行こう、と彰が頷くと、若い〈狗〉たちがいっせいに館から出て行き、史奈と容子も迷わずその後を追いかけた。

館を出る間際に、史奈はちらりと長の様子を窺った。硬い無表情だが、そこに怒りより苦しみを感じたのは気のせいではないだろう。

「――すまない、史奈さん、長栖さん。見苦しいところをお目にかけてしまった」

いつの間にかそばにいた彰が、堅苦しい言葉で謝罪した。史奈は容子と目を見合わせ、首を横に振った。

「いいえ、十條さん。こちらこそ、部外者が遠慮すべき場面に居合わせてしまって、申し訳なかったです」

「おい！」

先に駆けだしていた森山が引き返して、こちらに手を振った。

「これからは杉尾の養鶏場を集合場所にするぞ。しばらく、長の家は使えねえ」

「わかった」

彰が手を振り返すと、頷いた森山は仲間を引き連れて走って行った。

「伝統を守ることには、安心感がある」

彰がぽつりと呟く。

「安心感――ですか」

「うん。昔からのやり方を守ればいいだけだからね。それでジリ貧になったとしても、自分のせいじゃない。だけど」

史奈は頷き、口を開いた。

「新しいやり方を取り入れて、成功すればいいけど、失敗すれば自分の責任になる」

「そういうことだ。長老たちが掟を死守しようとするのは、自分が〈狗〉を滅ぼしたと言われたくないからさ。だが、このまま掟を守り続けていれば、そう遠くない未来に、最後の〈狗〉が死ぬ」

史奈は急いで山を下りながら、彰の横顔を見た。彰は、一族の行く末を澄明なまなざしで見つめている。

――最後の〈狗〉、最後の〈梟〉。

むかし自分は、多賀の里に残された十三人が、最後の〈梟〉だと考えていた。中でも、ただひとりの十代だった自分が、文字どおり「最後の〈梟〉」になる覚悟を固めていた。だから、彰の抱く切迫感や焦燥感が理解できる。

「もし、あのとき里が焼け落ちなければ――」

史奈はふと、想像した。

あのとき自分は高校生になったばかりだった。だが、もし里や祖母が今も健在で、あのまま高校を卒業していたら。やりたいことができて、大学に行きたくなっていたら。〈梟〉の最後のひとりとして、自分にできることを探そうとしていたら――。

里に残された一族と、衝突していた可能性はある。もし、史奈が里を離れて大学に進学したいと言ったら、祖母は反対しただろう。みんなは、祖母の味方をしただろうか。

もし、あのまま平穏に時が過ぎていたら、〈梟〉の里も二分されていたかもしれない。〈狗〉の状況は他人事ではなかった。

「君たちに憎まれるのを承知の上で言うが、里の消失は、〈梟〉にとってある意味幸運だった。君たちは、上の世代と深刻な対立をする必要がなかった」

彰が言った。

もちろん、史奈は彼を憎んだりはしない。幸運だとは思わないが、言いたいことは理解できる。

「里は失ったが、君たちが存在したから〈梟〉は求心力を失わなかった。むしろ、以前よりいっそう、結束が強くなったんじゃないか。正直、俺は〈梟〉がうらやましい」

容子がもの言いたげだったが、彼女も彰の真意は理解しているらしく、黙っている。

「――十條さん。何か、私たちにも手伝えることはないですか」

しばらく、三人で山を駆け下り続けていた。森山が率いる〈狗〉の若者たちは、先を急いだか姿が見えず、足音も遠く離れている。彰は、徐々にスピードを落としていた。

「もう、充分に離れたようだ」

「――――？」

何かのにおいを嗅ぐように顔を上げて、彰が足を止めたので、史奈たちも立ち止まり、彼の様子を窺った。

「〈梟〉に頼みたいことがあるんだ」

振り向いた彼の表情は、ほのかに暗い。

18

長年にわたり放置されているらしい原野は、日当たりが悪くまともに生長していない低木と、湿気を好む下草が繁茂していて、姿を隠す場所には事欠かない。

山を下りるあたりから降り出した霧のような雨が、今も音もなく降り続いている。おかげで髪や衣服が、しっとりどころか、ずぶ濡れの一歩手前くらいに湿っている。

「そろそろ昼だけど、様子は？」

低木の陰にうつぶせに寝そべり、ひじをついてスマホをいじっている容子が尋ねた。史奈は双眼鏡でコテージの窓を確認し、肩をすくめた。

「何も動きはない。今のところ」

容子が「ふむ」と呟き、またスマホに戻る。時々にやりとしているのは、おそらく森山が何か送ってきているのだ。

史奈は、すぐ雨で曇る双眼鏡のレンズを、袖でぬぐった。

伊根の、天蓮リゾートが一棟まるごと借り上げているコテージをふたりで監視している。史奈が室内に設置した盗聴器もまだ生きていて、コテージ内部に三人の男がとどまっていることは音声でわかった。三人のうちひとりは、奥殿だ。電話で話す声を聞いた。

〈狗〉の若者たちは、手分けして病院や老人ホームを訪ね、曽山老を捜している。真っ先に、曽山老が通院していた病院を杉尾が訪問した。二週間前に通院した後、次の予約をすっぽかしたことがわかった。その後、曽山老の家族と名乗る者が健康保険証を持参して現れ、高齢の親を遠方に引き取るため、病院を変えると話し、紹介状を書いてほしいと医師に依頼した。本人はいなかったが、健康保険証を持参していたことから、紹介状を書いたそうだ。曽山に家族がいないと知り、驚いていた。

――土地を売らせた者が、居場所を隠すため病院を移らせたのだ。

曽山老には会ったことがないが、年齢は八十代後半で、年齢だけなら〈狗〉の最古老だ。若いころは〈狗〉の仕事をし、生活のために大工もやっていた。数年前から肝臓の調子が良くなく、通院している。ここ数か月は特に調子が悪かった。時々、会話がかみあわなくなることがあり、周囲は認知症かと思っていたらしい。通っていた病院の医師は、曽山老は肝不全による意識障害が出ることがあったと説明したそうだ。

「近隣の病院にはいないみたいね。十條さんが、京都府全域に広げて捜すと言ってる。そこまで肝機能が落ちているなら、規模の大きな病院でないと治療できないだろうから、対象になる病院は限られる。手分けして、捜し始めたみたい。老人ホームは、そんな状態では引き受けてくれる施設も少ないだろうから、後回しにしたって」

「さすが、対応が早いね」

容子は黙っている。どうやら、まだ〈狗〉を賞賛することに抵抗があるらしい。

イヤフォンから、奥殿の声が聞こえてきた。出かけてくると言っている。コテージに残っているのは、天蓮リゾートの財務部長と、建築家の蒲郡だ。奥殿がコテージを出ると、それまで奥殿に愛想よく接していた財務部長と蒲郡が、どこかホッとしたような様子で、ため息をつくのが盗聴器に拾われた。どうやら奥殿は、あまり好かれてはいないようだ。

「奥殿が出かける」

今日は、自分で乗用車を運転するらしい。奥殿の車がコテージを出ると、史奈たちは容子の車を停めた場所まで走った。このあたりは、それほど交通量が多くない。すぐ後を走ると尾行を悟られるだろう。

コテージに到着してすぐ、駐車場にあった二台の車にGPS発信機をつけておいて良かった。ちなみに、発信機は森山から借りた。〈狗〉も、GPSはよく使うらしい。

「タクシーを呼ばれなくて良かった」

運転席に乗り込みながら、容子が呟く。この追跡は、失敗できないのだ。

奥殿は籠神社方面に向かい、車を籠神社の駐車場に停めた。傘松《かさまつ》公園のケーブルカー乗り場の駐車場と並んで、駐車可能な台数が多い。

容子は、奥殿の車から少し離れた場所に車を停めた。

「奥殿はまだ車に乗ったまま」

史奈は素早く双眼鏡を当て、確認した。車に乗ったままで、動きを待つ。

ふたりとも黙っていた。時おり、近くを通りすぎる参拝客が、運転席と助手席でガイドブックを開くふたりの若い女を、じろじろと見ていく。なぜ車を降りないのか不思議に思っているのだろうか。それとも、外からでも、妙な緊張感が漂っていることがわかるのだろうか。

ジーンズ姿の若い男が、傘もささず鳥居のほうから歩いてきた。奥殿の車に気づくと、近づいて助手席の窓をたたいた。次の瞬間、彼はドアを開けて助手席に滑り込んだ。

「見た？」

容子が尋ねる。彼女は、ガイドブックの陰から、望遠レンズつきのカメラで今の光景を狙っていた。

「――見た」

史奈は心臓が大きく跳ねるのを感じながら応じた。見たくないものを見てしまった。

若い男は、車の中でしばらく奥殿と話していた。奥殿が何か尋ね、若い男がそれについて説明する。そんなやりとりを五分も続けただろうか。奥殿が頷き、若い男に封筒を手渡すと、彼はうつむいて車を降りた。

奥殿はすぐエンジンをかけ、駐車場を出て行ったが、若い男はそのまま霧雨に濡れそぼっていた。史奈はパンフレットで顔を隠し、彼を観察した。

——嫌な役目だ。

奥殿の車が神社の敷地を出て行ったことを確認すると、史奈は容子を残して車を降り、うなだれている男に声をかけた。

「横坂さん」

ハッとした男は、反射的に逃げようとしたようだ。だが、実際にはほんの一瞬、身体を固くしただけで、自分が誰を相手にしているか思い出したらしい。〈梟〉のにおいで、昨夜の勝負を思い出したのかもしれない。のろのろと史奈に目をやり、何かを諦めるように天を仰いで、身体の力を抜いた。

「——〈梟〉の——」

「榊史奈です。ここまで車で来られました?」

「いいえ。バイクです」

「すみませんが、こちらに来て私たちの車に乗ってもらえませんか」

観念したのか、横坂は従順だった。彼を後部座席に先に乗せ、史奈も続いて後部座席に乗り込んだ。横坂は額に汗を滲ませ、まともに史奈の顔を見られないようだ。史奈はなるべく平静な声を出すようにつとめた。

「奥殿さんに協力しているのは、お金のためですか？」

弾《はじ》かれたように横坂が顔を上げ、ふたたび面を伏せた。青白い顔で黙っている。

「内通者があなただと、彰さんは気づいていました。隠さず正直に答えてもらったほうが、お互いに時間を無駄にせずすみますよ」

十條は、内通の現場を押さえてほしいと要請した。

〈天蓮リゾートは、〈狗〉の内情に詳しすぎる〉

現存する〈狗〉は、二十人弱だ。その中で、身寄りがなく、里にまとまった規模の土地を所有しているのは、曽山老ただひとりだったそうだ。

天蓮リゾートが正確に彼に狙いをつけることができたのは、〈狗〉の誰かが内情を詳しく教えたからだ。

「横坂さん、彼女がいるって言われてましたよね」

〈俺にも彼女がいるんです。そろそろ結婚したいって言われてます〉

必死になって丸居を説得していた横坂の声が、まだ耳に残っている。

――〈狗〉の長老たちが、彼らの自由を認めていたら。

そうしたら、こんな悲劇は起きなかったはずだ。結婚して家庭を持ちたいという、ただそれだけの希望のために、一族を裏切るなどという悲劇は。

考えると、胸が痛くなった。

裏切りという行為は、相手を傷つけるだけではない。自分が傷つくのだ。横坂は、一族を裏切ったという罪の意識を、生涯背負っていかねばならないのだ。

「十條さんは、あなたが里の外に部屋を借りて、彼女と同棲《どうせい》しているんじゃないかと言ってました。そうなんですか？」

横坂が息を呑んだ。

「彰さんは、どうしてそこまで――」

横坂の顔は、まだ幼い雰囲気を残している。年齢は、史奈とそう変わらない。史奈の言葉にいちいち動揺していたが、ようやく腹を据えたらしい。

「おっしゃるとおりです。俺、奥殿って人に頼まれて、里のことを教えていました」

「見返りを約束して誘われたんでしょう？」

ほんのわずか、横坂は答えをためらった。

「――そうです。名前を変えて、一族から逃げられるようにしてやると言われました」

十條が東京に逃げた時もそうだが、〈狗〉は一族の離散を許さない。裏切りには死をもって償えとさえ言われたかもしれない。

「奥殿には、他に何を聞かれて、何を教えたんですか？」

容子はバックミラーで、こちらの様子を確認している。

「曽山さんの土地が天蓮リゾート名義に書き換えられて、〈狗〉がどう対応するのか教えろと言われました。昨日から、一族の主な顔ぶれが集まって相談していることと、曽山さんを捜していることは話しましたが」

ちらりと横目でこちらを見たので、史奈は力づけるように頷いた。

「私たちが合流したかと聞かれました？」

「──はい。奥殿は、榊さんが丹後に来ていることを知っていました。だけど、俺は〈梟〉のことは知らないと言ったんです。そっちにまで迷惑をかけたくないし」

おそらく、横坂の言葉は本当だろう。今さら言い逃れをしてもしかたがない。

「曽山さんがどこにいるか、奥殿に聞いてみました？」

「聞いたけど、教えてはもらえませんでした。あいつ、こちらの質問には答えないから。そのくせ、〈狗〉のことはなんでも知りたがるんです。誰と誰の仲が悪いかとか、曽山さんに続いて土地を売るのは誰だと思うかとか」

「何か答えました？」

「いいえ──そんなことわかりませんから」

横坂の言葉は、史奈の想像どおりだった。奥殿は、横坂を通じて〈狗〉の情報を仕入れている。これを起点にして〈狗〉の結束を切り崩すつもりだろう。今までどおりあの場所に住み続けられるか、不安になった〈狗〉もいるはずだ。〈狗〉の将来に不安を抱く者をひとりずつ取り込み、甘い言葉で土地を売らせる。それが奥殿の策略だ。

今はまだほんの一部だが、少しずつ内側から切り崩して、半分でも手に入れれば、もう〈狗〉の里は機能しなくなる。リゾート開発の工事が始まり、コテージが建ったり道路が開通したりすると、静かな隠れ里は人目にさらされる。

――そうだ。〈狗〉が必要としているのは、隠れ里なのだ。

十條彰は、彼自身や同世代の〈狗〉たちではなく、次の世代、これから生まれてくる子どもたちのために研究しているのだと話していた。彼が研究しているのは、一種のデザイナーズ・ベイビーだ。

ヒト胚《はい》の遺伝子は、編集しない。研究目的で編集した場合、それをヒトの胎内に戻すことを禁じる。それが現在の法規制だ。遺伝子編集の技術は始まったばかりで、未解明な部分も多い。予想もしない結果を招く恐れもあるし、何より編集された胚から生まれてくる子どもの同意を得ることができない。

ただ、〈狗〉のように、その遺伝により生きていくことや通常の社会生活に困難をきたす場合、彼らの望みをかなえてはいけないのか、という疑問も湧く。

「横坂さん。森山さんや十條さんの言ったこと、聞いてましたよね。彼らは〈狗〉を変えようとしています」

　横坂が唇を噛んだ。

「疾風さんたちがあんなことを考えていると知っていたら、俺は絶対に奥殿になんか従わなかったのに」

「一族に戻りますか。もし、彼らが掟を変えるなら」

「――戻れるものなら」

　苦しげに横坂は身もだえた。史奈は彼の腕にそっと手を触れた。

「横坂さん――まだ、可能性はあります。今後は、奥殿と接触する前に必ず私たちに連絡をくれますか。いつでも私たちと連絡が取れるようにしてください」

　驚く横坂に、史奈は彰との会話の内容を教えた。かんたんな話ではない。だが、裏切り者の汚名を着て、これからの長い人生を生きていくよりはいい。暗かった横坂の表情が、話を聞くにつれ少しずつ晴れ、最後には目の輝きすら取り戻していた。

　連絡方法を決め、横坂を車から降ろした。彼は何度も礼を言い、バイクに戻った。

「十條さん、座敷牢にいたのによく気づいていたね。横坂さんのこと」

　史奈が助手席に戻ると、容子が油断なく周囲に目を配りながら呟いた。

「横坂さんが外の女性とつきあっていることは、匂いでみんな気づいていたみたい。十條さんは、子どものころから横坂さんが結婚に憧れていることを知ってたんだって」

「奥殿が〈狗〉の内情を知り過ぎていることと考え合わせると――ってことね。さすがね、十條さん」

一族のひとりひとりに目配りができる。代替わりして彰が長になったら、若い〈狗〉たちが活気に満ちて、存分に腕をふるえる時代になりそうだ。

「曽山さんはまだ見つからないって」

容子がスマホをチェックし、肩をすくめた。史奈はふと思いついた。

「ねえ、容子ちゃん。奥殿ってどこの出身だっけ」

「――奥殿の出身？」

以前、調べてくれたのは堂森明乃だ。

「栃木県の、消滅した集落じゃなかった？」

「考えたの。曽山さん、京都の病院にはいないかも。京都府内だと〈狗〉も土地勘があるから、すぐ調べて居場所を突き止めるかもしれないじゃない。なら、むしろ奥殿に土地勘があって、〈狗〉では思いつかないような場所を選ぶんじゃないかと思って」

「――なるほどね。史ちゃん、いい勘かも」

天蓮リゾートは、曲がりなりにも有名企業だ。大企業とは言わないが、それなりに知名度があり、ホテルの人気も高い。そんな会社が、公になったら企業イメージを低下させる恐れがある行為に手を染めるだろうか。

容子が頷いた。

「〈狗〉の土地の購入は、奥殿が表立って進めているってことね。もちろん天蓮リゾートも知っているだろうけど、手を汚すのは奥殿で、天蓮リゾートはあくまで善意の第三者として奥殿から土地を買う――」

「だから、容子ちゃんが土地の名義を調べたとき、曽山さんからいったん奥殿名義になっていたわけね」

「それなら、曽山さんの身柄を隠すのも、奥殿の役割だった？〈狗〉が曽山さんを最後に見かけたのは三日前だと言ってた。奥殿が曽山さんをどこかに送ってまた戻ってくるのは、少し難しくない？」

「待って――三日前といえば」

二日前に伊根のコテージに侵入したとき、奥殿は電話で誰かと話していた。

（御師様は昨日、東京に戻られましたよ）

榊恭治が東京に戻ったのは、三日前だ。曽山老を関東に連れて行ったのは、榊恭治と名乗ったあの男たちかもしれない。

「御師様――榊恭治と名乗った男が、奥殿と組んで曽山さんを隠した――」

容子が目を光らせている。

「ボディガードみたいな人たちを連れていたの。あれ、教団の関係者じゃないかな」

「つまり、ＩＵ教団が曽山さんを連れ去った――」

「容子ちゃん、ＩＵ教団と近しい病院はないかな。病院の経営陣が教団の信者だったり、医師が信者だったり――。ひょっとすると、そこに曽山さんが入院しているかも」

土地を売った時には、曽山老の病状が重く、判断力が低下していた可能性もある。もしそれを証明することができれば、彼が結んだ売買契約を、無効にできるかもしれない。

「わかった。そっちは、和也さんたちに調査を頼んでみる」

諏訪湖に行っていた栗谷和也と堂森武は、すでに調査を終えて東京に戻ったはずだ。

容子はすぐ、スマホでふたりにメッセージを送り始めた。

19

床に広げているのは、この山の衛星写真を拡大したものに、誰かが油性ペンでざっと土地の区分と所有者を書き入れた地図だ。

曽山老の土地で、今は天蓮リゾート名義になった部分には、赤い斜線が書き加えられている。予想以上に面積が広い。

「曽山さんの先代に、うちのじいさんが博打《ばくち》で負けて、だいぶ土地を取られたんや」

森山疾風が床にあぐらをかいて腕組みし、仏頂面で地図を睨んでいる。

「ちきしょう。うちのじじいがアホな真似しなきゃ、こんな騒ぎになってないのに」

　十條彰は、こみ上げた笑いをかみ殺した。こんな非常時でも、疾風の言葉はどこかユーモラスだ。憎めない、という言葉は疾風のためにある。人たらしと呼ぶべきか。なにかとうるさい一族の長老たちも、疾風には甘い。

　杉尾の養鶏場の事務所を司令部にして、若い〈狗〉が集合している。

「あとの土地は、長がおよそ半分、残り半分の三分の一ずつを森山、杉尾の父親が持っていて、最後に残った部分を、七人が少しずつ保有しているということだな」

　長は何があろうと土地を売らない。それは確実だ。

「うちの親父だって、売らねえよ」

　森山が唇を尖らせた。まるでこちらの考えを読んだかのようだ。

「うちも売りませんて！　養鶏場は俺の名義やし、山場のほうは親父が丁寧に植林してますから」

　杉尾が威勢よく言った。

　この三人は固い、と彰も考えている。だが、奥殿が切り崩しを狙うならこの三人だ。あとの七人が保有する土地は、面積にするとたかが知れている。

　彰は腕組みして、事務所の窓から外を眺めた。先ほど雨はやみ、雲が切れたのかやわらかな日差しが落ちている。

「奥殿という男、勝算もなく〈狗〉の土地に手を突っ込んでくるとは思えない」

曽山老以外の一族に、つけこむ隙はない。だから曽山老の土地から狙った。

だが、奥殿にはこの後の策があるはずだ。

「おっ、もうこんな時間や」

杉尾が壁の時計に目をやり、椅子から飛び降りた。

「昼飯食いますよね。何かかんたんなもの作るわ。蕎麦でもいいっすか」

「助かるよ、杉尾」

森山が首を回し、あくびをした。

「昨日からずっと、一睡もせずに走り回ってるからな。メシ食ったら少し休んだほうが、効率がいいんじゃないか。頭が働かねえ」

「そうだな」

同意しながら彰がふと考えたのは、今も〈狗〉のために協力してくれているはずの〈梟〉のことだ。活力に満ちた森山ですら、眠らずに活動することはできないのに、あのほっそりした娘たちが、一睡もしなくて平気なのだ。平気というより、それが彼女らにとってはふつうだというのだから――。

外が騒がしいようだ。

養鶏場の前の道は府道だが、利用しているのはほとんど〈狗〉くらいで、交通量はほとんどない。

「なんや、あの音は」

森山も顔をしかめ、立ち上がって窓から外を覗いている。

「――なんやあれ」

ただごとではない気配に、彰も様子を見に行った。

パワーショベル、草刈り機、ダンプカーなど、工事現場で見かけるような重機や車両が列をなして、山のほうに上がっていく。

――まさか。

彰は事務所を飛び出し、走って重機と車両の列を追い抜いた。のんびり走っているパワーショベルやダンプカーを追い越すくらい、〈狗〉には朝飯前だ。

「ちょっと、止まってくれ！　責任者はいるか？」

先頭のダンプカーの前に両手を広げて立ちふさがり、大声で叫ぶ。何台か後ろにいた軽トラックの運転席から、作業服姿の日焼けした男性が降りてきた。このあたりでは見かけない顔だが、押し出しがよく、トラブルにも慣れていそうだ。

「責任者は私ですけど、どうされました？」

男はにこやかな態度で尋ねた。

「あなたが現場監督ですか。この重機は、どちらの工事に使われるものですか」

「この先の土地を、天蓮リゾート社が買いましてね。ゆくゆくはホテルにしますんで、これから整地するんですわ」

重機の運転席から、作業員たちが興味ありげにこちらに注目している。

「いや、待ってください。天蓮リゾートが買ったのは、曽山さんの土地でしょう。あそこへは、ほかの私有地を通過しないと行けません。私たちは、そんな通行許可を出すつもりはありません」

土地の名義が変わったのは、昨日か一昨日《おととい》の話だろう。さっそく重機をもってきて整地しようとは、とんでもないスピードだ。ここまで動きが早いとは想定していなかった。

「そんなこと言われても、こっちは依頼を受けてるだけですのでね」

現場監督が、にやにやと笑った。

「ともかく、この道は府道でしょ。府道の行き止まりまでは、私らが入るのに何の問題もありませんよね？」

一瞬、彰が言葉に迷った隙に、現場監督が「おい」と言ってダンプカーの運転手に合図をした。ダンプカーが再び前進を始め、誰かが彰の腕を引いて脇に寄らせた。怒りを込めて振り返ると、背後にいた森山がゆっくり首を横に振った。

「杉尾の会社の若いのを、長の家まで走らせた。府道まではしかたがない。だが、その奥にもこいつらきっと、なんだかんだ言って強引に入り込むぞ」

おそらく監督は、〈狗〉が出てきて侵入を拒んでも、かまわず整地してしまえと命じられているはずだ。

——どうする？

曽山老の土地へは、いくつかの私有地を通り抜けなければたどり着けない。十條家の私有地も含まれている。それがあるので、曽山老の土地を売られても、そうかんたんには工事などできないし、天蓮リゾート側は利用することすらできないと甘く見ていた。

「警察に通報しましょう」

杉尾が急いで事務所に引き返そうとするのを、彰は止めた。

「待て。だめだ、それは」

杉尾は養鶏場をつくってから、すっかり里の外の人間みたいなものの考え方をするようになった。

「だけど、これは一般人とのトラブルですから、警察を呼んでも支障ないですよね」

——問題はそこじゃないのだ。

「俺らの一族には、いろいろと表に出せない問題がある。奥殿のやつがどこまでつかんでいるかわからないが、警察がからむと、逆に厄介なことになるかもしれん」

森山が苦い表情で言った。彼はおそらく、高齢の〈狗〉たちからいろんな話を聞かされているのだろう。彰も、父親から聞いている。

戦後の混乱に乗じて、亡くなった他人に成りすまし、戸籍を手に入れたこと。〈狗〉の夫に子どもを取られたり、捨てられたりした外部の女性たち。彼女らの中には、今も〈狗〉を恨んでいる者だっているはずだ。

それに、子どもを守るため逃げようとし、事故で死んでしまった女性もいる——。彼女は今も、里の外では行方不明とされているはずだ。もし、彼女の墓が見つかったら？　彼女の本当の家族が、事実を知ったらどうなる？　おまけに、彼女の遺児が今も里にいると知ったら？

「とにかく、俺らでもまだ全貌を知らんくらい、とんでもないトラブルの宝庫なんや。俺らの里はな」

「そんな——」

絶句する杉尾に、彰も頷いた。

「疾風の言うとおりだ。奥殿は、そのあたりの事情も薄々つかんでいるのかもしれない。多少、強引に動いたところで、俺たちが警察を呼べないと知っているんだ」

そもそも、そういう後ろ暗いところのある〈狗〉だと知っていたから、ハイパー・ウラマに出場させたのかもしれない。

「どうする、彰」

「あの車列を先回りする。府道の先には行かせない」

「おう!」

答えるより早く、森山が飛び出す。彰も後を追った。

府道の先には行かせない。だが、どうやってそれを実行する？　悩ましいが、とにかく追うしかない。

車列が府道の行き止まりに到着するころには、彰たちに加え〈狗〉の若者たちが七名ほど、先回りしていた。

この先は森だが、バイクや徒歩で里を行き来するうちにできた林道のような道がある。舗装はされていないし、雨が降ればぬかるむが、ダンプが一台通れるくらいの幅はある。

彰は道の中央に立ち、仲間を呼んだ。

「みんな、手をつなげ!　ここで人間の鎖を作るんだ。ここから先には行かせるな!」

爛々《らんらん》と目を光らせた〈狗〉たちが、ずらりと並んで道をふさぐ。ぎらつく目つきは、戦を待つ忍びのものだ。命に代えてもこの先には通さない。その殺気が、森に満ちる。

坂道を上がってきた先頭のダンプカーと睨み合った。

「――その辺にしておきなさい」

声は背後からかけられた。

眉をひそめて振り返ると、着流し姿の長が、こちらに向かってくるところだった。血気盛んな森山が、噛みつくように牙を剝く。

はずませている。
「話は聞いたよ。ともかく、落ち着きなさい」
年配の男性が現れたからか、先ほどの現場監督が軽トラから降りて走ってきた。息を
はずませている。

「私は天蓮リゾート社から、こちらの土地の整地を依頼された者でして――」

「ほう、そうですか。いきなり重機を送り込むとは乱暴ですな。工事の前にひとことの
ご挨拶もなく」

長が眉を上げた。

「これは失礼しました。工事を急ぐと言われたもので、こちらも慌てておりまして。ご
挨拶は後ほど改めてさせていただきますので、今日は通らせていただきますよ」

「ここは私たちの私有地です。あなたがたは不法侵入者ですよ。だが、そうは言っても
どうせ無理に押し通るつもりでしょう」

いやあ、と頭に手を当てて笑う現場監督は、もちろんそのつもりなのだ。

「苦情は天蓮リゾート社に直接言うことにしましょう。通りたければ通りなさい」

そう言って長が横に退いたので、彰たちのほうがギョッとした。

「長！」

「俺たちが止めてみせます、長！」

こちらを見て、ゆっくり首を横に振った長と視線が合い、彰は口をつぐんだ。

「ありがたい！　それじゃ、通らせてもらいますよ」

欣喜雀躍《きんきじやくやく》して現場監督が「前進！」と車列に向かって叫び、軽トラックに走っていく。ダンプカーが動きだし、車列が続いた。

「――父さん。あいつらは」

「いいから」

しかたなく、彰たち若い〈狗〉も横に退き、車列を通した。森山が、今にも火を噴きそうな目つきで車列を睨んでいる。気持ちは彰とて同じだった。

ダンプカー、パワーショベル、草刈り機と軽トラからなる列の最後尾が森に乗り入れたときだ。先頭のダンプカーが、突然がくりと前にのめるような形になり、動かなくなった。タイヤが空回りしているような、ひどいエンジン音が続いている。

「どうした！　うわっ、なんだこの臭い」

またしても、軽トラから現場監督が飛び降りて駆けつけ、作業服の袖で口と鼻を押さえて後じさった。

そのころには、彰にもだいたいの状況がつかめていた。

「おやまあ。そんなところを大型車両で通るとは、何とまあ」

ひょっこりと道の脇から姿を見せたのは、彰の大叔父だ。汚れた作業服を着て天秤棒《てんびんぼう》をかつぎ、事情にうとい者の罪のない驚きの表情を浮かべていた。

「そこは肥溜めやぞ。何ちゅうことしよるんや、まったく」

様子を見に行くと、ダンプカーは左右の前輪が深い穴にはまりこみ、抜け出せずに立ち往生していた。穴の上に薄い板を渡し、枯れ葉や土で隠していたようだ。即席の落とし穴だった。異臭は穴の奥から漂っている。間違いなく、糞便《ふんべん》の臭いだ。

——やったな。

このきつい臭気は〈狗〉の鼻が曲がるほどだが、今ばかりは快哉《かいさい》を叫びたかった。彰は、臭いを避けるふりをして袖で顔を隠し、その下でこらえきれずに笑った。追いかけてきた森山たちも、人の悪い笑みを浮かべてこの惨状を眺めている。

「何てことをしやがる、この爺《じじい》！」

思わず叫んだ現場監督にじろりと一瞥《いちべつ》をくれ、大叔父が天秤棒に掛けた桶《おけ》の中身を穴にざっと空けた。ダメ押しのように、臭気があたりに広がる。ダンプカーのタイヤも汚物まみれだ。

現場監督がわっと叫び、ダンプカーのドライバーがたまらず運転台から飛び降りた。

「何を言ってやがる。ここは俺の土地や。おまえらこそ何しに来た、馬鹿もんが！」

怒鳴りつけられて真っ赤になった現場監督に、ショベルカーから降りてきた作業員がおそるおそる声をかけた。

「後ろから牽引《けんいん》して助け出しましょうか」

助け舟だったが、頭から湯気の出そうな監督は、赤い顔で「どいてろ！」と作業員を怒鳴りつけた。

「君が責任者だと言ったな」

長が声をかけた。厳しい声だった。

「曽山さんの土地を天蓮リゾートが買ったというなら、その土地を整地するのもいいだろう。だが、そこに行くまでの森はわしらの財産だ。木の枝一本、傷つけることは許さんぞ！　何か見つけたら覚悟しろ」

あとは大混乱だ。頭に血が上ったらしい監督は、ショベルカーの操縦者や軽トラの荷台に乗った男たちに、ダンプカーを引き上げるように命じると、自分はさっさと軽トラックを猛スピードでバックさせ、退散していった。

「天蓮リゾートの社長が来るなら、話し合いに応じると伝えなさい！」

長の声も、届いたかどうかわからない。まず、いい逃げっぷりだったことは確かだ。

「――いつのまに掘ったんですか、こんな穴」

男たちが大騒ぎしてダンプカーを救出するのを横目に、彰は尋ねた。

「今朝、おまえたちが里から出た後だ。久二男《くにお》叔父が指揮して、みんなで掘った。きっとやつらは強硬手段に訴えると思ったからな」

大叔父らが、嬉々《きき》としてツルハシを握る様子が目に浮かぶ。それにしても、この短い時間にわざわざ汚物まで運んできたのかと思うと呆れた。山の奥には下水道がなく、里の排水は浄化槽で処理している。そこから汲んできたのだろう。

この道は、穴を埋め戻して路面を整えるまで大型車両など通れないだろうし、ここ以外は森の木々がうっそうとしているので車が通る余地もない。こちらの強硬姿勢も伝わった以上、しばらく工事の開始は不可能だろう。

——やるな。

敵の動きを読む判断力も確かだし、行動力にも敬服する。ここは、素直に長老たちの勇敢な努力に感心するしかない。

「いいか、彰。わしらは地べたを駆ける〈狗〉だ。〈狗〉には〈狗〉の戦い方がある。決して、美しくはないがな。おまえや疾風は近ごろ〈梟〉と親しいようだが、高みを飛ぶ彼らの戦い方を真似る必要はない」

「父さん——」

「おまえら若い世代が、新しい生き方を模索するのは止めん。この里を捨てたければ好きにすればいい。だが、忘れるな。わしらは〈狗〉だ。何百年もの昔から、ずっと〈狗〉だった」

森に消える長を見送り、彰は腕組みした。

——今回は、たしかに奴らを追い返したが。

これで終わるはずがない。天蓮リゾートや奥殿は、次は本気でこのあたりの土地の買い占めに走るだろう。誰かの弱みを握り、その持ち分を取り上げる。どうせ、考えているのはそんなところだ。

「いよいよだな、彰」

すぐ後ろに立った森山が、にっと笑う。

「心配すんなって。長はああ言うたが、〈梟〉は味方につければ心強い。きっと、うまくやってくれる。俺は、未来のヨメを信じる！」

森山は胸を張り、右のこぶしを自分の胸に打ちつけた。自信満々の満面の笑みだ。

「——そうだな」

ようやくダンプカーの前輪が穴から引き出され、臭気に鼻をつまみながら他のドライバーたちも重機や車両をバックさせる。

「おらおら、運転失敗して木を倒すなよ！」

「枝を折ったら弁償させるで、コラ！」

周りから若い〈狗〉たちがはやし立てるので、ドライバーは憤然としつつ必死の面持ちだ。さぞかし肝を冷やしたことだろう。

——あとは、史奈さんたちの朗報を待つしかないのか。

彼女たちには仕掛けを頼んだが、それがうまくいくかどうかは未知数だ。祈るような思いで、天を見上げた。

20

「道路で睨みあう展開は、予想していたんですがね」

奥殿大地は、ソファに足を組んで腰かけ、長いため息をついた。

曽山老から買い取った土地を整地するため送り込んだ土木工事の業者が、少し前に泡を食った様子でコテージに飛び込んできた。報告によれば、山に向かったダンプカーが、即席で掘られた穴に落ち、通行不可能になったそうだ。なんとか引き上げたが、穴をどうにかしなければ奥には進めない。また、いま見えている穴を埋めたところで、奥にはさらに落とし穴が仕掛けられている可能性もある。

現場監督の戸川《とがわ》という男が、よほど緊張しているのか、顔中の汗をタオルで拭きながら必死になって弁解している。

「私も、相手が林道に座り込みでもすれば、根負けするまでこっちも粘ってやるつもりで、テントや野宿の用意もして行ったんですよ。ところが、そんな具合ですから」

「なるほど、森は彼らの財産だ――と脅されて、尻尾を巻いて帰ってきたわけですね」

監督がむっとした顔になったが、そんなものにひるむ奥殿ではない。

「向こうのリーダー格が、社長がいらっしゃるなら話し合いに応じると言っていました」

良い提案を持ち帰ったかのような手柄顔で、監督が身を乗り出した。

「馬鹿な、冗談だろう。そんな野蛮な連中のところに、私が行くと思うのか？」

天蓮リゾートの小金沢社長が、銀縁眼鏡をハンカチで拭きながら難詰する口調で尋ねたので、監督は萎《しお》れた。

「奥殿君、どうするつもりだ？　曽山さんの土地は、府道に接続していないからな。旗《はた》竿《ざお》でもなんでもいいから、公道に接続するための土地が必要だぞ」

こちらに矛先が向いたようだ。

――この、日和見坊ちゃんが。

軽蔑しきっている内心を隠し、奥殿は鷹揚《おうよう》に頷いた。もともと小金沢は、伊根から車で三十分程度の山奥で、ブナの森がある人里離れた土地ならどこでもいいと言い、特に場所のこだわりはなかった。〈狗〉の土地を推薦したのは、奥殿自身だった。

小金沢は、先代の父親から温泉旅館の経営を引き継いだお坊ちゃまで、育ちの甘さは抜け切れていない。何かあれば、すぐに他人のせいにするのはよくない癖だ。

「社長、ご心配なく。彼らも強気に出ていますが、お話ししたとおり、ふつうの集落ではないんです。昔は犯罪者集団だった奴らでね。警察に訴えるようなことを言ったとしても、それは単なるポーズですよ。調べられて困るのは、向こうのほうですから」

「そんな奴らが本当にいるのかね」

小金沢は、疑い深い目つきでこちらを見ている。

「ええ、本当です。万が一のことがあっても、あの場所はリゾート計画にとって補助的なものです。メインは伊根ですからね。あくまで、あの土地にはバックアップになるコテージと、大自然の中で行うアクティビティ施設を建設する予定です。それに、曽山さんの土地は二束三文――と言っては悪いが、ひどく安価で手に入りましたからね」

地目が山林の土地には、たいてい冗談みたいな価格しかつかないものだ。

――まあ、あんまりかわいそうだから、曽山はいい病院に入れてやったけどな。

医師の話によれば、曽山の肝臓はボロボロで、もう長くないらしい。長年の過度の飲酒がたたったようだ。

小金沢がため息をついた。

「二束三文で曽山さんから買ったのは君だろう。われわれは、それなりの価格を君に支払ったつもりだがね」

「もちろんそうですよ。私が言いたかったのは、万一のことがあれば、あの土地は私が買い戻してもいいということです」

「万一の場合には、そう願いたいものだね」

もしそうなれば、〈狗〉の土地の一画にくさびを打ち込むようなものだから、奥殿自身が奴らにさんざん嫌がらせをしてやるつもりだ。

ハイパー・ウラマでは、〈狗〉の裏切りでひどい目に遭った。出水は本気で〈狗〉が〈梟〉に負けたと信じていたが、そんなわけがない。〈狗〉の愚かな男たちは、出水に雇われたくせに、裏切ってわざと負けたのだ。〈狗〉の森山疾風が、〈梟〉の女に惚れこんでいると聞いて、間違いないと思った。裏切り者には制裁が必要だ。

「それで、次はどうするつもりだ？」

小金沢社長が眼鏡をかけなおした。地方都市の温泉旅館の経営者一族というより、有能なビジネスマンの風貌だ。東京の有名私大を卒業した後、十年近く当時の都市銀行に勤務していたというのも頷ける。今ならいわゆるメガバンクだ。

だが、彼の表情はどこか虚《うつ》ろだった。魂のない人形のようでもある。

「ご心配なく、とっておきの切り札を使います。なにしろ私は、彼らの内部にスパイを飼っていますからね」

奥殿がにっと微笑むと、小金沢が虚ろな表情を変えぬまま、慎重に視線を逸らした。

——ふん。

腹の中で嘲笑する。昔から、奥殿が笑うと恐怖を感じる者がいる。出水もそうだった。子どものころには、「気持ちが悪い」「ぞっとする」などと面と向かって言われたことすらある。

——ずいぶんじゃないか。

いっそ笑ってしまうくらい、ひどい話だ。

だが、人に恐れを抱かれるのは気持ちがいい。少なくとも、粗略に扱われたり、踏みつけにされたりするよりはずっといい。

「奴らの結束を内側から崩しましょう。仲間の結束だけが、奴らの取柄なんですから」

そんなものは幻だと、じきに彼らも知るだろう。

21

〈狗〉の里に現れた工事関係者を、一族の長老たちが追い返した顛末《てんまつ》は、森山が嬉しそうに容子に電話で知らせてきた。

『傑作やったで！　おまえらにも見せたかったわ！』

しかたのないやつだ、と言いたげに容子が苦笑している。身軽に動けるよう、籠神社近くの駐車場に車を停めたまま、連絡を待っているところだ。

「それで、曽山さんは見つかったの？」

『まだや。手分けして捜してる。近隣の病院や老人ホームにいないのは確かやな。京都府内の病院にもいなかったら、あとはどこを捜すか——』

協力を頼んだ和也たちからも、まだ連絡はない。

『——それでな。ちょっとおまえに聞きたかったんやけど』

珍しく、森山が口ごもっている。

『おまえ、彰がほんまの姿になったとこ、見たやろ。びっくりしたよな』

——その話か。

史奈は、そっと車を降りようとした。スピーカーフォンにしているので会話が筒抜けだが、彼らのプライベートな会話を盗み聞きするつもりはない。今朝、彰が多毛症を発症した姿のまま現れたとき、史奈が心配したのも容子の反応だった。森山疾風の身にも、満月の夜には同じことが起きるのだ。

そしておそらく、もしふたりの間に男の子が生まれたら、その子どもにも。

容子がこちらの動きに気づき、首を横に振った。

「史ちゃん、そこにいてくれていいから」

そう言われると、助手席に戻るしかない。

「森山、いい？　びっくりしたかと言われたら、もちろんびっくりした。でも、話を聞いてだいたい予想がついていたからね。それに、あんたの雑な性格に比べたら、ちょっと毛深いくらいどうってことない」

『ちょっと毛深い――お、おまえな』

よけい傷つくわ、とかなんとか、森山がスマホの向こう側でぶつくさ言っている。だが、その声は決して深刻ではないし、本気で嫌がっている様子でもない。

「堂々としてればいいいんじゃない？　そのほうがあんたらしいし、〈狗〉らしいよ」

『容子――』

「私たち、いま電話待ってるの。悪いけど切るわ」

感極まった態《てい》で何か言いかけた森山をさえぎり、容子がさっさと通話を終えたので、史奈はあっけにとられた。容子らしいと言えば言えるが、ドライにもほどがある。

「――いいの？　容子ちゃん」

「いいのよ。あいつ、こういう時くどいから。つきあってられない」

ふたりの仲は、史奈が知らないうちに進展したのかもしれない。すぐ、史奈のスマホが振動した。横坂からの着信だった。

『奥殿から連絡があって――由衣《ゆい》がいないんです！』

高ぶった調子で始まった横坂の言葉は、支離滅裂だ。だが、史奈にも想像はついた。

「横坂さん、落ち着いてください。由衣さんというのが、おつきあいされている女性ですね。いないとはどういうことですか？」

横坂が、ごくりと唾を飲み込んだ。

『今朝、一緒に住んでいるマンションにいったん戻ったんです。そのときは由衣はいたんですが、さっき奥殿から電話があって――』

横坂によれば、奥殿は〈狗〉に土地を売らせるので協力しろと命じたそうだ。

『俺、言われたとおり、いったん断ったんですよ。そしたらあいつ、俺が寝返らないように保険として大事な人を預かるとか、変な言い方をしたので気になって――マンションに戻ってみたんです。そしたら由衣がいなくて、スマホに電話しても出なくて』

――奥殿に拉致された。

横坂はそう考え、慌ててこちらに連絡してきたのだ。〈狗〉のすぐれた嗅覚を活《い》かし、由衣の匂いをたどろうとしたが、マンションを出てすぐに車に乗せられたらしく、彼女の足取りはそこで途切れてしまったそうだ。説明を終え、横坂は怒りに満ちた唸り声を上げた。さぞ悔しいだろう。

「わかりました。横坂さん、奥殿には何か言いましたか？」

『――命じられたことはちゃんとやるから、由衣には何もするなと言いました』

「それでいいです。由衣さんは私たちが捜します。必ず無事に連れ戻すので、横坂さんは打ち合わせどおりにやってくださ い。奥殿はあなたに何をしろと言ったんですか?」

『墓あばきですよ。俺らの里には、古い隠し墓があるんです。聞いたことはあったけど、誰の墓なのかは知らなくて。それを掘って、骨を取ってこいと言われました』

骨を取ってこいとはまた、奇妙な命令だ。

史奈は考え込んだ。隠し墓だと横坂は言う。そこで亡くなったことすら、秘密なのかもしれない。

――いったい、誰のお墓だろう?

『でも――もし由衣が見つからなかったら、俺はどうしたらいいでしょうか』

横坂の恨めしげな声が聞こえ、ハッとした。

『由衣を傷つけてまで、一族に戻りたいとは思いません。もし、由衣に何かあったら』

横坂が言いたいことはわかっている。

――〈梟〉に言われたとおりにしたのに、もしものことがあれば誰が責任を取るのか。

「横坂さん、わかりました。由衣さんの無事が最優先です。定期的に連絡を取りましょう。由衣さんを見つけ次第、知らせますから」

フルネームと住所、電話番号などと、彼女の写真を送るように依頼した。

横坂はそうすると約束し、通話を切った。

「奥殿の車は伊根のコテージに戻り、そこから動いてない。他の車で移動していればわからないけどね」

やりとりの途中から、容子は運転席でさっそく調べ始めている。

横坂が送ってきたのは、二十歳そこそこの女性のバストアップ写真だった。茶色いセミロングの髪を、首の後ろでひとつに束ねている。夏に撮ったのか、半袖シャツのカジュアルな服装で、満面の笑みを浮かべてこちらに手を振っているところだ。優しそうで、朗らかな印象だった。横坂が惹《ひ》かれたのもわかる。

東田《ひがしだ》由衣という名前と、住所も確認した。

――奥殿なら、彼女をどこに隠すだろう。

伊根のコテージではないはずだ。あそこには、天蓮リゾートの社長たちがいる。上場企業の社長は、暴力的な犯罪には加担しないだろう。それに、コテージ内の会話を盗聴していると、天蓮リゾートの社員たちは奥殿に好意を持っていないことが感じとれる。

「容子ちゃん、まずはこの住所に行ってみない？　何かわかるかもしれないし」

真っ昼間に自宅マンションから若い女性を拉致するなんて、大胆すぎる犯行だ。誰かに目撃された可能性もある。

「そうね、とりあえずふたりが同棲していたマンションに行ってみましょう。あまり時間もないし、早く由衣さんを見つけないと」

横坂が由衣と住んでいたのは、スマホで地図を調べると、宮津市役所の近くだった。

容子の運転で現地に向かいながら、史奈は奥殿が使いそうな場所を考えていた。

本当に〈蛇〉の一族が実在して、もしも奥殿がその一員なら、仲間の協力を仰ぐのではないか——と考えるとわかりやすい。

だが、これまで〈蛇〉の実在は誰も確認できていない。ハイパー・ウラマの際も、奥殿に仲間がいることは確認できなかった。出水やアシヤなどハイパー・ウラマの関係者からは、もっとビジネスライクな印象を受けた。

奥殿は単独で行動している。

「史ちゃん、あの建物だと思う」

路地に車を停め、ふたりでマンションに駆けつけた。五階建ての、それほど大きくない建物だ。ひとつのフロアに三つずつ、部屋がある。管理人室はないが、一階のエレベーター脇に管理会社の名前と、直通電話番号が書かれていた。

「史ちゃん、あれ」

エントランスの周囲を見回していた容子が、史奈の肩をつついた。指さしているのは、コンクリートの壁面に設置された防犯カメラだ。

「見せてもらえるかな」

「——見るしかないよね」

「容子ちゃん、あのタイプのカメラは、ネットワークを通じてクラウドに映像が保存されるんだけど、同時に本体に挿入されたマイクロSDカードにも録画されているはずなの。見たいのは今日の昼ごろの映像だから、まだ上書きはされてないと思う」

ここ何年か、夜勤の警備スタッフのアルバイトをしていたおかげで、変な知識をつけてしまった。容子が頷いた。

「カードを抜いて確認しよう。史ちゃん肩を貸して」

誰かに見られると間違いなく怪しまれる。それでも、やるしかない。

史奈に肩車をさせ、容子がカメラの裏側に挿入されたカードを抜く。

「お嬢さんたち、どうしたの？」

買い物に行くのか、マザーズバッグを提げてマンションから出てきた中年の女性が、案の定、びっくりしたように見上げて尋ねた。

「すみません。今日の昼過ぎに、この近くでトラブルがあり、知人が巻き込まれたんです。ちょうどここに防犯カメラがあるのが見えたので、勝手に申し訳ないですが、映像を確認したくて」

こんなときは、下手に嘘をつくよりも正直に話すに限る。

「それなら、管理会社がカメラを見てるはずだから、連絡しておいたほうがいいわよ。勝手にやっちゃだめよ」

女性は史奈の言葉とふたりの態度を見て信じてくれたのか、親切に諭すとそのまま立ち去った。容子はすでにマイクロSDカードを抜き終えた後だ。

「車にパソコンを積んでいるから、映像をコピーしたらカードを返して移動しましょう。あの人の言うとおり、管理会社にも電話したほうが良さそうね」

六十四ギガバイトのカードに収まったデータをコピーするには、数分もあれば充分だ。管理会社も防犯カメラの映像をずっと監視しているわけではないだろうから、カードを返してしまえば気づかれないかもしれないが、マンションの住人に見られているし、自分たちの姿もカメラに収まっている。管理会社に説明するのは難しそうだが、黙っていて警察に届けられたらことだ。

容子が車を移動させる間に、史奈は今日の映像を早送りで確認した。人の出入りは多くない。拉致シーンを予想してざっと見ても、それらしいものはなかったが、東田由衣らしい女性が、短い時間だけ映っていた。

「――まさか、これ？」

由衣らしい女性と、もうひとりの若い女性が、何か話しながらマンションを出て、前に停めた黒いワゴン車に乗り込み、そのまま走り去った。時刻は十一時五十分。

拉致と呼ぶにはあまりにふつうで、由衣は笑っていたようにさえ見える。

近くのコンビニの駐車場に車を停め、ふたりで見直した。防犯カメラの映像は鮮明で、間違いなく由衣だと言える。もうひとりの女性の髪形は、毛先をやわらかい感じにウェーブさせたボブだ。年齢は由衣よりかなり上のようで、三十歳前後かもしれない。見覚えはないが、落ち着いた表情といい、穏やかな笑顔といい、悪い人間には見えない。

「友達と出かけただけのようにも見えるけど——騙されて連れ出されたのかな」

由衣の電話番号にかけ続けても、誰も出ないですぐ留守番電話に切り代わる。もちろん、留守録には何も残せない。

「車のナンバー、容子ちゃんは見える？」

「うーん、一瞬だけ映るけど、このままだと一部しか読み取れないね。拡大して加工すれば見えるようになるかも」

「——待って。この女の人のネックレス、拡大できない？」

史奈は目を細めて、喉元に輝く小さな光を見定めようとした。容子がネックレスの部分を拡大しようと試みている。あまり拡大すると解像度が下がって、よけいに見にくくなってしまう。調節が難しい。

——どこかで見たような気がする。かたつむりの殻みたいな、この形。

「これは——」

容子と顔を見合わせた。

これは、ＩＵ教団のロゴマークだ。かたつむりの殻のような——フラクタルと螺旋を組み合わせた意匠。

奥殿の指示で由衣を連れ出したのは、ＩＵ教団の人間なのだ。

22

午後三時、横坂が里に戻った。長に報告があると言い、彰が人払いをして館に入ると、唸るように詰《なじ》る長の視線の先で、横坂博樹《ひろき》がうなだれている。

「――まさか、おまえが奴らの手先とはな」

横坂は奥殿からの封書を差し出した。

「奥殿さんが、長とゆっくりお話ししたいとのことです」

この言葉で、きな臭さは十二分に伝わった。封書を掲げ持つ横坂の手は、離れて座った彰からでも震えているのがわかった。

「父さん。奥殿が、博樹を抱き込もうとしていることがわかったので、俺が博樹に頼んで、一族を裏切ったふりをさせたんです」

「――それは本当か？」

不審そうにこちらを睨む長に、頷く。

彰は、横坂が天蓮リゾート側に取り込まれている可能性に早くから気づいていた。横坂は、〈狗〉にしてはおとなしく、気の優しい男だ。ハイパー・ウラマには、当初、森山と横坂、丸居の三名が出場する予定だったが、横坂の穏やかな性格では勝ち上がれないと見て、多忙な杉尾を引っ張り出したとも聞いた。ただそれで、横坂は奥殿や出水との接点ができていた。

一度は一族を裏切ろうとした。それは確かだ。だが、事情のあることだし、頑なに過去の掟を曲げなかった長老たちにも責任がある。一族から離反するのを裏切りと呼ぶなら、彰自身も裏切り者になるだろう。

残された一族は、たったの二十名ほど。

わずかな仲間を、理不尽な理由でこれ以上、減らす必要もない。だから、彰は横坂をかばうと決めた。

無言で手紙を読むうち、見る見る長の顔色が変わった。手が震えていたが、それは横坂の震えと違って怒りによるものだろう。

府道から曽山老の土地まで、八百メートルはある。だが、そのほとんどが長——十條一興と、前の長の弟——十條久二男の土地だ。

だから、奥殿が次に狙いを定めるのは十條家だと、彰は予想していた。そして、十條家は、公にできない傷の多い家系だ。

「父さん。奥殿は何と？」

激情に任せて、奥殿の手紙を床に投げ出した長は、唇をぐっと曲げて腕組みした。

「土地を売れと言ってきた。土地の権利証を持って伊根まで来いと」

「なぜ俺たちが出向かねばならんのです。奥殿がこちらに来ればいい」

にべもない彰の態度に、不安を感じたらしい横坂がちらりと上目づかいに見る。長が、無言で手紙を投げてよこした。

「――なるほど」

一読し、彰は目を細めた。

奥殿が書いてよこしたのは、〈狗〉の里の、彰が知るかぎり最大の不祥事だ。彰の母――つまり、長の子を産んだ外部の女性、影山《かげやま》咲子のことだった。

他人の妻を横取りし、彰が生まれた。ふたりめの子を身ごもったとき、彼女は彰を連れて逃げようとしたが、連れ戻されて座敷牢に監禁された。だが、次の機会を見つけたとき、咲子は彰を諦め、身重の身体でひとり脱出を試みたのだ。

そして――。

「そんなことまで、敵にしゃべったのか？」

長が横坂に、冷たい声で尋ねる。

「違います！　あいつ、俺に聞くより前に、そのへんの事情を知ってました」

「奥殿は証拠を持っているのか？」

彰の問いに、横坂は平伏した。

「申し訳ありません！　俺、あいつが何の話をしているのかよくわからなかったんですけど、墓の場所を詳しく言われて、そこを掘ってお骨を持って来いって。まだ渡してないですが、次に会うときに渡す約束なんです」

「なんだと――」

長の顔に見る見る血が上る。

「本当にすみません！　だけど、もう死んだ人のお骨じゃないですか。それを持って来ないと由衣に危害を加えるって言われたら、俺は持って行くしかないです！」

横坂が、板の間にすりつけた頬にぽろぽろ涙を流しているのを見て、長が何かに気づいたように、真っ赤な顔で睨んだ。

「由衣だと――おまえの女か？」

「あいつ――奥殿のやつ、俺の彼女を拉致したんです。命令どおりにやらないとひどい目に遭わせると脅迫されて、どうしようもなかったんです」

「――そういうことか」

彰は静かにため息をついた。〈梟〉を通じて、彰が横坂に指示を出すようになった。奥殿は、敏感に横坂の変化を感じ取ったのかもしれない。

「――だから、わしらは妻を持ってはいかんのだ」

眉間に深い縦皺をきざみ、沈痛な面持ちで長が呟いた。

「〈狗〉の仕事は汚れ仕事だ。その相手も必定、あくどい奴らばかりだ。妻を持てば、弱みになる。弱みを握れば、敵は強請《ゆす》ろうとする。〈狗〉の血を次の世代につなぐために、どうしても必要なのは男の子どもだ。男の子だけ産ませて、女は里に帰す。それが〈狗〉の生き方。わしらの愛情だった」

彰は長を見やった。たしかに暗黒社会で妻子の存在は弱みであり、ある種の禁忌だ。マフィアややくざは、たとえ抗争していても、敵の妻子には手を出さなかったとも聞く。時代が移り、そんな紳士協定も消えうせたようだが、闇に生きる人間にとって、家族はなるべくなら隠しておきたい弱みなのだ。

「――その件は後にしましょう。今はともかく、奥殿の要請に応じるかどうかです」

彰の言葉に、長は腕組みしてしばらく考えこんでいた。彰は続けた。

「母さんは、元の夫との間に娘がいた。今も九州にいるはずです。DNA鑑定をすれば、影山咲子の遺骨であることは判定できるということでしょう」

「要請に応じなければ、咲子の件を表沙汰にして、警察が乗り込んでくるというのだろう。それなら、行くぞ。奥殿という男と話をしなければ埒《らち》が明くまい。向こうは、一族の里に足を踏み入れる勇気などないだろうしな」

彰は同意した。

「いま、手分けして曽山さんの居場所を捜しています。土地の売買契約が、不正に行われた可能性もある。うまくいけば、彼らのリゾート計画を白紙に戻せるでしょう」

23

玄関のドアを開けて、史奈と容子を見たとたん、望月美夏は固い表情に無理やり笑みを浮かべた。

「──どうしたん、史奈？　なんかあった？」

東田由衣──横坂の彼女が、ＩＵ教団の関係者と一緒にマンションを出たことがわかり、史奈たちがまっすぐ向かったのは、史奈が部屋を借りているマンションだった。

──身近に、ＩＵ教団の関係者をひとりだけ知っている。

歴史が大好きで、丹後にまつわる古代の伝説を愛していて、ドライビングスクールで初めて会った史奈に親切すぎるくらい親切だった女性だ。オーナーが親戚だからと隣の部屋を斡旋してくれ、アルバイトまで紹介してくれた。

彼女と一緒に籠神社にお参りすると、榊恭治を名乗る謎の人物が現れた。仕事が忙しいはずなのに、ひんぱんに部屋に呼んでくれ、一緒に晩御飯を食べたりもした。

さりげなく監視していたのだ。

「美夏、そのネックレスきれいね」

史奈が美夏の鎖骨のあたりに視線を落とすと、美夏はぎょっとした様子で指先を襟元に当てた。そこにネックレスなんかない。彼女はおそらく、史奈に会いそうなときにはＩＵ教団のネックレスを外しているのだ。

外し忘れたのかと焦ったのか、あるいは習慣になっているのか、美夏は手を鎖骨のあたりにさまよわせた。

「──何の話？」

「あなたには感謝してる。丹後を案内してくれたし、神話や伝承、古典の知識も豊富で、とても勉強になったから。でも、ひとつ私に隠していたことがあるよね」

美夏は口を閉じ、下ろした手をそわそわと腰のあたりで動かした。

「知人の女性が、行方不明になっています」

容子が告げ、横坂から預かった由衣の写真と、今日の昼、彼女がＩＵ教団の関係者と車に乗り込むまでの防犯カメラの映像を、スマホで美夏に見せた。美夏の顔が、みるみる青ざめる。

「あなたなら、このＩＵ教団の女性の正体を知っているんじゃないかと思いまして」

「──どうして」

「どうしてあなたがＩＵ教団の人だとわかったか、ですか？」

容子が意地悪く微笑する。

「今までは、薄々そうじゃないかと思っていただけだったんですけどね。今のあなたの反応を見て、確信しましたよ」

かまをかけられたことに気づいて茫然としている美夏に、史奈は声をかけた。

「私、美夏はとても前向きで、素敵な人だと思ってる。誰かに頼まれたんだよね。誰に頼まれたの？　ＩＵ教団の誰？」

「それは――」

「ひょっとして、御師様？」

その言葉は、美夏の口にかけられた鍵を魔法のように外した。目を丸くした彼女は、勢いよく頷いた。

「そ、そう――史奈って、御師様のお孫さんなんでしょう？　御師様が丹後に見えて、近々、孫娘が丹後に来るから案内したってな――って。私の住んでるマンションの隣の部屋を用意したからとか、教習所にも一緒に通ってとか、細かく指示されたんよ。せやけど、御師様から頼まれたて言うたらあかんよって言われたから――教習所の代金も出してもらったし」

――やっぱり。

美夏は、ここ数か月の隠し事を明かすことができて、ホッとした様子だった。根が正直な人なのだ。

「嘘ついてて本当にごめんね。なんで秘密にしはるんかなと思ってたんやけど――御師様の命令やから、そのとおりにするしかないし」

「ううん。美夏まで巻き込んでごめんね。御師様と、うちの両親があまり仲良くないんだ。それで、私と会ったことがバレると、後でもめると思ったんじゃないかな」

「それで――」

史奈の作り話を、美夏は信じたようだった。良心の呵責《かしやく》を少しでも軽くできるなら、どんな言い分でも信じたかもしれない。祖父が宗教団体の幹部で、両親はそれを嫌がっているのだと解釈してくれたか、どこか気の毒そうな表情すら浮かべた。

「それで、このひと知ってる？」

由衣を連れ去った女性の画像を、もう一度見せる。今度は美夏も素直に頷いた。

「知ってる。IU京都支部の中島《なかじま》さんやね。合宿とか勉強会で、お世話になってる」

「この人、どこにいるのかな。住所とか、連絡先とかわかる？」

「待ってて」

いったん室内に戻った美夏の様子を、ドアを開けたままさりげなく見守る。もう大丈夫だとは思うが、ひそかに教団の人間と連絡を取られても困る。美夏はスマホを取っただけで戻ってきた。

「中島さんは、平日ならたいてい自宅にいるんと違うかな。中島さんちが、支部の事務局みたいになってるから。もしそこにいなかったら、いつも勉強会を開催する駅前の貸し会議室かな」

ＩＵ教団は全国の信者をその居住地で分け、ほぼすべての都道府県に支部を置き所属させていると美夏が説明した。支部には支部長と役員、事務局スタッフがおり、彼らは幹部として教団の活動を支えているのだという。

年に数回の合宿や、毎月の勉強会は参加者も多く、その運営だけでもたいへんだろう。電話番号と住所を控える間に、美夏が由衣の写真を「もう一回見せて」と覗き込んだ。

「やっぱり、そうやわ。この人、先月の勉強会で見かけたんよ。中島さんが、いろいろ教えてあげてたみたい」

今度は、史奈と容子が顔を見合わせる番だった。だが、考えてみれば、驚くようなことでもないのかもしれない。

無理やり成人女性を拉致するのは、ハードルが高い。横坂を操るために、その恋人を手中におさめるのが目的なら、教団に取り込んでしまうのが手っ取り早い。現に、由衣は中島と、ごく自然に車に乗り込んでいたではないか。

だとすると、由衣の身は現時点では、さほど危険な状況ではないのかもしれない。

「さっき行方不明って言ってたけど、単に中島さんが何かこの人に手伝ってもらってるだけと違うかな」

「そうかもね。ありがとう、美夏。助かった」

そのまま駆けだそうとした史奈は、真剣な表情の美夏に袖をつかまれて振り返った。

「あの——ほんまにごめんね、史奈。あたしたち、まだ友達——やんね？」

とっさのことで、心の準備ができていなかった。虚を突かれ、軽い驚きが顔に表れていただろう。

「もちろん。あとでゆっくり話そうね」

美夏が頷き、袖を放して手を振ったが、どこか寂しげな笑顔だった。

「失敗した。もっとさりげなくふるまえたはずなのに」

容子の車に乗り込みながら、史奈は静かに自己嫌悪に襲われていた。もう、自分も一人前の〈梟〉だと思いたいのに、こんなときに未熟さが顔を出す。まだまだ子どもだと打ちのめされる。

きっと容子なら、満点の笑顔で美夏を抱きしめ、当たり前じゃないのと大人っぽく励まして、美夏の気持ちを軽くしてやれるだろう。幼い潔癖さと本音の刃《やいば》で、彼女を傷つけることもないだろう。

運転席でシートベルトを締めた容子が、首をかしげた。

「でも、史ちゃんの態度は誠実だった。うわべだけ取り繕うより、私ならそのほうがありがたいけどね」

そうかな、と史奈が応じる間もなく、スマホにメッセージが着信した。十條彰からだ。

「〈狗〉の長が、伊根のコテージで奥殿と面会するって」

十條が予想したとおりに事態が動いている。曽山老の土地は府道に接続していない。府道から道を通すには、十條家の土地がいる。だから、奥殿は必ず十條家の弱みを握ろうとし、脅迫まがいの手段で土地を手に入れようとするに違いない。それが、十條の見立てだった。

「さすがだね、十條さん」

奥殿も〈狗〉の側も、他の誰にも聞かれたくない会話をすることになる。こんな場合にそなえて、部外者がいないコテージを利用しているのだ。

「なら、急ぎましょう。早く由衣さんを見つけて、横坂さんを安心させてあげないと」

きっと今ごろ、奥殿と一族の板挟みになって、苦しんでいるに違いない。

「史ちゃん、和也さんたちにも、状況を知らせておいてね」

容子がアクセルを踏み込んだ。

24

未明の〈梟〉の襲来に始まり、曽山老の居場所探しに、土木工事の業者との対決と、ため息が出るくらい長い一日だった。

だが、まだその一日は終わっていない。

「彰。俺と杉尾はここで待つ。何かあったら知らせろよ」

助手席にいる森山が、厳しい表情で告げた。

「ああ。頼んだぞ」

「蛇みたいにしつこくて、嫌らしいやつだからな。気をつけろ」

長が車を降り、ログハウス風のコテージを見回している。彰も鞄《かばん》を抱えてその後を追った。

伊根のコテージに来いと、奥殿が〈狗〉の長を呼びつけた。これがそのコテージだ。史奈たちの情報によれば、天蓮リゾートが長期の契約で借りているらしい。天蓮リゾートの社長らも同席するのかと考えていたが、彰の嗅覚は、このコテージには今、ひとりしかいないと告げている。奥殿だろう。駐車場に停まっているのは、白い乗用車一台だけだ。周囲の木々が、西日を受けてコテージに長い影を落としている。あと数時間で日が落ちるだろう。

〈狗〉の里からは、杉尾の養鶏場のバンに乗せてもらった。杉尾が運転し、森山は同行すると言ってきかなかった。横坂は、掘り出した遺骨を持って、後からコテージに来るという。おそらく、彼なりの時間稼ぎをしているのだ。

まだ曽山老を見つけたという知らせはない。横坂の彼女も見つかっていない。

コテージの内部に〈梟〉が仕掛けた盗聴器がまだ生きているようで、森山たちはそれを聞きながら外で待つことになっている。

「――父さん。行きますか」

じっとコテージを睨んでいる背中に声をかけると、長が深呼吸をした。その肩が、笑ったように震えた。

「――おい、彰。わしらの巣に土足で乗り込み、好き放題しとるやつがここにいる」

振り返った長の目が、爛々と輝いている。

混沌《こんとん》を好み、混乱に乗じて利を得るのが〈狗〉のやり方だ。他人の隙を狙うのが得意だし、弱みを握り、思うままに人を操るのも十八番《おはこ》だ。

だが、今回はそれを逆手に取られた。もっと言えば、奥殿はまるで〈狗〉の得意技の、さらに上手をいくかのようだ。

「なかなか面白いじゃないか。わしら〈狗〉も、舐められたもんだなあ」

ふと、高揚した声の調子に不安を感じた。

「――父さん。奥殿や天蓮リゾートの社員らに暴力をふるうのは禁止ですからね」

長が顎を反らせて大笑いした。

「わかっているとも。当たり前だ」

——本当にわかっているのだろうか。

万が一、傷害事件でも起こして警察沙汰になれば、十條家の土地を守るのはさらに困難になる。戦後の混乱期に他人の戸籍を乗っ取ったことが明るみに出てもアウトだ。警察官が十條家の座敷牢を見れば、その目的について根掘り葉掘り聞いてくるだろう。さらには、彰の母親がそこに監禁され、逃亡をはかって崖から転落死した二十年以上も昔の事件が明らかになれば、もはや〈狗〉の里は崩壊だ。

——そういう意味で、今回、奥殿は〈狗〉の最大の弱点を的確に攻撃してきたのだ。一族の中でも、とりわけ傷の多い、どれひとつとっても致命傷になりかねない弱みを持つ十條家に、正確に狙いを定めた。情報源が横坂だけだとしたら、奥殿という男はとんでもなく勘がいい。

彰の母、影山咲子は、十條家の土地の奥まった森の、一本だけあるねむの木の下で眠っている。一族の古い者なら知っているだろうが、横坂のような若い連中は、咲子の存在すら知らないのに。

「行くぞ、彰」

そろって一歩を踏み出したとき、コテージの玄関扉が開いた。

「ようこそ、十條さん。窓から見えましたのでお迎えに上がりましたよ。今日は寒いですね。寒冷前線が南下したとかで、このあたりもいっきに冷え込みました」

コーデュロイのパンツにセーターを着た三十代前半くらいの男性が、にこやかに立っている。一瞬、女性かと見間違えたほど、色白で整った顔立ちをしている。ちらりと、彰が抱えた鞄に視線をやるのに気づいた。

――これが奥殿大地か。

森山たちから話は聞いていたが、直接、会うのは初めてだ。

長に続いて、彰も無言で木製の階段を上がり、コテージの中に迎えられた。

ログハウスの一階は、水回り以外のほとんどの壁が取り払われ、広々と見渡せる。奥殿ひとりと感じた彰の嗅覚は正しかったようだ。

壁面の暖炉には薪がくべられ、暖かい炎が見える。冬でもほとんど暖房しない〈狗〉には、少々暑すぎる。

「どうぞこちらへ」

先に立ち案内する奥殿が、茶色い本革のコーナーソファにふたりを座らせようとした。

「おお、これはいい椅子だな」

長が、おそらく奥殿が腰かけるつもりだった、ソファの対面にあるハイバックのウイングチェアに、どすんと尻を落として何度かその上で弾んだ。見ようによっては、それは「王様の椅子」には違いない。

相手の無作法に戸惑いを隠せない奥殿をよそに、彰はコーナーソファの端に腰をおろした。出鼻をくじかれた奥殿が、しかたなくコーナーソファの反対側に座る。何ひとつおまえの思いどおりになんかさせないぞという、長の意思表示だ。奥殿の仮面に一瞬でもひびを入れただけ、試す価値はあった。

「——このたびは、ご足労いただきましてありがとうございます」

「奥殿君。前置きは好かん」

ウイングチェアにあぐらをかいた長の切り口上を聞き、柔和さを装う奥殿の眉間に、雷光のように皺が走って消えた。銀縁の眼鏡が、冷たく光っている。意図的に「君」と呼び、無作法な態度を取ることで相手を揺さぶるつもりらしいと見て、彰は静観を決め込んだ。

「曽山の土地を返してもらいに来た」

「おや——あなたの土地の、売買契約を結ぶために来られたのだと思っていましたが」

奥殿の声に、面白がるような調子が含まれている。長は身を乗り出した。

「この三日、曽山と連絡が取れない。君らが拉致して土地を奪ったな」

「人聞きの悪いことをおっしゃる。そんなわけがないでしょう」

「違うというなら、曽山をここに連れてこい。彼の口から聞くまで、信用できん」

かすかに、奥殿の目に苛立ちが走った。

「土地を売ったら、その金を持ってどこかに行くと曽山さんは言ってましたよ。あとのことは、私も知りません」

「嘘だな」

長が傲然と腕組みをする。この父親の傲慢無礼な態度が、子どものころから大嫌いだった。だが、今回はそれが、奥殿の神経を苛立たせるのに大いに役立っているようだ。

奥殿はしばし黙り、眼鏡をはずしてハンカチでレンズを拭いた。

「――嘘じゃありません。ごまかしてもダメですよ。今日は、十條さんの土地の話をするためにお呼びしたんです。こちらに売買契約書を用意しました。あんな山奥の土地にしては破格の金額です。確認していただけますか」

奥殿がテーブルの上に突き出した書類を、長は見もせずに弾き飛ばした。

「君は、土地の売買という重大な契約を何だと思ってる。わしは、曽山の一件があるから、君を信用せんと言っとるんだ。信用できない相手と、大事な土地の売買に関する相談などできるか！　いいから、曽山をここに連れてこい！」

目を細めた奥殿が、一瞬、獲物にとびかかる直前の大蛇のように見えた。

――なるほど、〈蛇〉の一族か。

森山たちがそんな噂をしていたことを思い出す。ひょっとすると、この男の比喩に使うのは、蛇に対して失礼かもしれない。

ねっとりと相手にからむような視線といい、ひどく粘着質で、薄気味が悪い男だ。

「――十條さんは、ずいぶんものわかりの悪いお人のようだ」

ふいに奥殿が疲れたように、目を閉じて首を回した。

「これでもこちらは、由緒ある〈狗〉の一族の歴史に敬意を払って、紳士的に対応しようとしたんですがね。あなた、影山咲子さんを監禁して殺したでしょう。あくまでしらばっくれるつもりなら、私は警察に行きます」

「誰だね、それは」

再び、奥殿の眉間に雷が走った。

「いつまでそんな態度を取るつもりですかね？　逮捕・監禁致死罪の時効は二十年だ。もう二十年過ぎたから安心ですか？　刑事事件なら時効だが、咲子の娘は生きています。民事事件に時効はありませんよ。それに、私は警察に、咲子さんは殺されたと訴えるつもりです。殺人罪にも時効はありませんからね」

奥殿が色白な顔で勝ち誇っている。

「そんな女は知らんと言っている」

あくまで傲然と長は言い放ち、胸を反らした。こういう交渉の場で、相手の敷いたレールに素直に乗る必要はない。こちらは〈狗〉だ。泥臭い世界で生きてきた、地を這う〈狗〉だ。だが、地べたで生きることを自分たちは誇りに思っている。

「曽山をここに連れてこい。話はそれからだ！」

奥殿の顔が真っ赤になった。これまで、彼が餌食にしてきたのは、ごくふつうの世界で生きる人間ばかりだったのかもしれない。

警察を呼ぶと言えば恐れ入る。犯罪者として逮捕されたり、刑務所に入ったり、まともな職業につけなくなったり――そんなことを恐れるふつうの人間が相手なら、奥殿にもつけいる隙があるかもしれない。

だが、俺たちは〈狗〉だ。

「本当にものわかりが悪いな。素直に土地を譲るなら、あんたら〈狗〉にもまた仕事をやろうと思っていたんですよ」

「君は、何か勘違いしているようだ」

ずっと黙っていた彰が、口を開いた。

「仕事とは、投げ捨てるように与えられてやるものじゃない。少なくとも、俺たちはそんな仕事はやらない。俺たちは、自分のやりたい仕事だけをやる。生きたいように生きる。それが大事だ」

奥殿が絶句した。

紅潮した顔が白く褪《さ》めたのは、スマホが振動し、奥殿がそれを見た後だった。

「――なるほど、いいでしょう。もうじき、その態度を後悔することになりますよ」

その言葉と同時に、彰のスマホにも着信があった。外で待機している森山からだ。

『車が来たぞ。天蓮リゾートのやつらと、女が乗ってる』

表に車が停まる音が聞こえてから、数人の話し声と、階段を上がってくる足音が聞こえるまでそれほど時間はかからなかった。

天蓮リゾートと聞いて興味を持ったが、現れたのは若い男ふたりだった。幹部は身の危険を感じて顔を出すのを避けたのだろう。

「影山さんをお連れしました」

天蓮リゾートの若手社員は、事情を知らないのだろう。にこやかに女性を案内し、室内の様子をざっと見渡して奥殿に頷きかけると、さっさと出て行った。ひょっとすると、用がすんだら深入りするなと命じられているのかもしれない。まともな企業なら、奥殿の仕事になど関わりたくもないはずだ。

後に残されたのは、三十代半ばくらいの髪の長い女性ひとりだった。唐突に取り残されたことに戸惑うように、眉をひそめている。きれいな人だと、彰は思った。

奥殿が立ち上がる。

「ようこそ、影山優花《ゆか》さん。遠くからご足労をおかけしました」

──では、この人が。

何の感情も浮かんでこなかった。世界がぼんやりしていた。長は、腰を浮かせて振り向いたきり、彼女を見つめてぼうっとしている。

その女性を見て、昔を思い起こしているのだろうか。三十年近く前、大阪で初めて会ったという影山咲子の面影を見ているのだろうか。

彰は、母親の写真も見たことがない。母親が死んだのは、二歳のときだった。自分だけではない。ほとんどの〈狗〉が母親を知らない。物心つく前に、母親は人生からフェードアウトする。それがふつうだと思っていたから、父親を恨んだこともない。寂しいと感じたこともない。

「影山さん。こちらが、十條一興さんと十條彰さんです。あなたのお母さんを、あなたから奪った人たちですよ！」

勝ち誇ったように奥殿が叫んだ。

――なるほど、母は美しい人だったのだ。

影山優花は、すらりとした長身に、陰翳《いんえい》の濃い顔立ちの女性だった。弓なりの細い眉も、すっきり通った鼻梁《びりょう》も、小さなオレンジ色の口元も、人形のように整っている。

「影山さん、なんとか言ってやってください。この男たちは、あなたからお母さんを奪って殺したことを、認めようとしないんですよ」

焦《じ》れたように奥殿が声をかけたが、優花は眉根を寄せて、彰を見つめただけだった。

「影山さん！」

「――勘違いしないで」

初めて聞く姉の声は、低く強靭だった。

「私に母はいなかったんです」

「――影山さん」

「今日ここに来たのは、私の弟がいると聞いたから」

優花は、ゆっくり彰のほうに近づいてきた。

「私には父もいないんです。刑務所でトラブルを起こして、同房の男に殺されました。母は、私を祖母に預けて大阪に働きに出ました。私が四歳のころに、行方知れずになってしまったけど、しかたがないと思っていました。だって、誰にでも、幸せを求める権利があるでしょう?」

人形のようにきれいな顔が近づいてくる。

「私の弟というのは、あなたね? ――幸せに暮らしていましたか?」

彰は微笑んだ。おかしなことだが、初めて会う姉が自分と似た存在だと、その目を見ただけで感じていた。

「幸せが何かも知らずに育ちました。私も母の顔を知らないんです」

オレンジ色の唇が、うっすら笑う。

「――そう」

「影山さん。お母さんがあなたのもとに戻れなかったのは、その男に監禁され、あげくの果てに殺されたからですよ。お母さんは、あなたのもとに帰りたかったんです。あなたの幸せを奪ったのは、そのふたりです」

　奥殿は苛立ちをあらわにしている。優花は首をかしげた。

「私にはよくわからないんです。それってきっと、ひどいことなんでしょうね。だけど、私には別世界のことのように感じられて。母には、ほとんど会ったこともありません。私には、祖母が本当の母のようでした。祖母は、連絡が取れなくなった母のことを怒っていたから、本当のことを聞いたら何か非難めいたことを言ったかもしれないけど、二年前に亡くなりました」

　ため息をつくような口ぶりだった。天涯孤独という言葉が、彰の脳裏をよぎる。この人は、幼いころに両親を失い、二年前には育ててくれた祖母も亡くした。もう、血縁らしい血縁もないのかもしれない。

「奥殿さんに、母を殺した人たちを訴えるべきだと勧められているんですよ。でも、私にはどうもよくわからなくて。いったい、母の身に何が起きたんですか？」

　彰は立ち上がり、優花の手を取ってソファに導いて座らせた。

「僕も赤ん坊だったから、見たわけじゃないです。ただ、事故だったと聞いています。お母さんは、崖から足を滑らせて亡くなったと」

　優花は目を瞠り、静かに頷いた。

あっけにとられていた奥殿が、どこかに電話をかけ始めた。

「今どこにいるんだ？」

冷たく厳しい口調で、誰かにすぐここに来るよう命じている。しかし、彰はもうここを離れるべき潮時だと感じていた。

奥殿にとって、優花の態度や反応は誤算だったに違いない。だが、彰には優花の感じ方は自分に近いものに思えた。自分との接点がなければ、たとえ親であっても実感がわかないのだ。

「良ければ、ゆっくり話しませんか。優花さんのことも、お聞きしたいですし」

「そうですね。私も、母の身に何があったのかは聞いておきたいです」

立ち上がろうとしたとき、コテージの玄関を誰かが強くノックした。外で激しい口論が起きているようだ。森山の声も交じっている。

「すみません、奥殿さん！」

飛び込んできた天蓮リゾートの社員が、興奮ぎみに叫んだ。

「どうしても入ると言ってきかなくて――」

「よくも由衣を隠していたな！　もうおまえの言いなりにはならないぞ」

真っ先に現れたのは、興奮ぎみの横坂だった。彼は目に怒りを溜めて怒鳴り、奥殿を睨んだが、当の奥殿は涼しい顔をしている。

横坂の隣には、〈梟〉の榊史奈と長栖容子もいる。彼女らが、横坂の婚約者をぶじ救出してくれたのだろう。そしてその後ろから、彰も見覚えのある人たちが、ぞろぞろと入ってくる。

「栗谷君――」

驚いた。榊教授のゼミでともに研究している栗谷和也と、〈梟〉のツキのひとり、堂森武がそこにいた。そしてもうひとりは――。

「悪い、悪い、お待たせぇ！　真打登場だぜ！」

いかにも軽薄そうに言い放ち、片手を上げたのは、長栖諒一だ。榊教授のもとで、何度も見かけたことがあるアスリートの青年だ。彼は得意げに胸を反らし、愉快そうに室内を見渡した。

だが、長栖諒一が押している車椅子に乗った男のほうに、彰の目は釘付《くぎづ》けになった。

「曽山さん――」

それは、土地を売却して行方不明になっていた、曽山老だった。

25

「――まったく諒一のやつ、美味しいところを全部持っていくつもりね」

呆れたように容子が囁く。

苦笑を隠し、史奈はあらためてコテージ内の様子を窺った。

ちょうど、奥殿と十條親子が話し合いをしていたようだ。彰の隣にいる女性には見覚えがないが、外で盗聴していた森山が、彰の異父姉が来ていると言っていた。

「曽山さん――」

彰と長の目は、諒一たちが連れてきた老人に釘付けになっている。いや、奥殿もだ。奥殿が動揺するところを、初めて見た。

美夏から、由衣を連れ去った中島という女性の連絡先を聞き出し、史奈と容子はＩＵ教団の京都支部になっているという、彼女の自宅を訪ねた。その場で拍子抜けするほどあっさり、中島と由衣が見つかったのだ。

（勉強会に集中するために、スマホは電源を切るように言われていて）

連絡が取れなくなっていたことを、由衣はそう説明した。史奈たちが事情を説明しても、彼女は受け入れないと思い、横坂と直接連絡を取ってもらって、ようやく教団から引き離すことに成功したというわけだ。

これで、横坂は自由の身になった。

「あんた、奥殿って言ったっけ。そういや、ハイパー・ウラマでは世話になったな。俺、今朝がた欧州遠征から戻ったところなんだけどさ。東京に着いたら、着信履歴がバンバン残ってて」

諒一が得意げに奥殿を見やる。

「兄さん、よけいな情報はいいから！」

「こっちのふたりが、曽山っていう人を見つけたんだけど、バイクしかなくて曽山さんを乗せられないから車を出せって言うんだ。それで、俺が東京からここまで車を飛ばしてきたってわけ！　俺のスポーツカーはふたり乗りだし、車椅子なんか載せる余地ないから、わざわざレンタカーを借りたんだぜえ！」

和也や武には、曽山老がＩＵ教団と関係の深い病院に入院している可能性があると知らせ、調べてもらっていた。コテージの住所を知らせておいたことで、彼を連れてここに直行してくれたのはありがたい。

さっき、コテージの前で合流した際にちらっと聞いた話では、曽山老はやはり東京の病院で見つかったらしい。病院長が教団の古くからの信者で、幹部のひとりなのだそうだ。諏訪湖の合宿に参加していたひとりが病院長の娘で、そこから病院名まで調べ上げたというから、和也たちもさすがだ。

だが、史奈にもわからないことがある。

彼らの後から、もうひとりついてきた男性のことだ。白衣を着た医師のように見える。困惑ぎみだが、時おり和也と何やら言葉を交わす際に、ひらめくような笑みを浮かべるところを見ると、決して無理に連れてこられたわけでもなさそうだ。

「曽山さん――」

〈狗〉の長が呼び掛けた。

「どこにいたんだ、あんた」

「長、面目ない」

曽山老は車椅子のひじ掛けに手を載せ、目をしょぼつかせた。顔色が悪く、肌のつやも良くないが、周囲で起きていることをしっかり判断できているようだ。

「わしもよく覚えてないんだが、ここしばらく頭の中にもやがかかったようになっててな。気がついたらどこかの病院におったんや。この人らが言うには、東京らしいけど」

「東京――?」

長が眉をひそめる。和也が進み出た。

「僕から説明させてください。曽山さんは、府中《ふちゅう》の総合病院に入院されていました。病院の説明によれば、三日前に昏睡《こんすい》状態で搬送され、そのまま緊急入院になったそうです。今は状態が落ち着いていて、自宅がこちらにあるということで、元の主治医の診療を受けるために、病院の協力を仰いで帰ってきたんですよ。こちら、府中の先生です」

白衣の医師が、険悪な雰囲気に怯《おび》えたように会釈した。

長が曽山老に向き直る。

「曽山さん、どこか悪いのか」

「いやあ、ようわからんのや。肝臓が悪いとは言われてたな。薬は、前からもらってたんやけど」

「あんた、この男に土地を売ったか」

長が奥殿を指さした。この問いかけは心外だったようで、曽山老の顔がさらに白くなった。

「まさか、長。売るわけないやろ。わしの土地は、わしが死んだらあんたに譲るて、ちゃんと遺言に書いたで」

「──やっぱりか。曽山さん、あんたの土地、いったんこの男の名義になって、すぐに天蓮リゾートに売られたようだ」

「なんやて？」

曽山老の顔が見る見る歪む。奥殿が慌てたように立ち上がった。

「いや──待ってください。曽山さん、お忘れのようですが、あなたは四日前、私の目の前で土地の売買契約書にハンコを押しましたよね。権利書を受け取りましたし、代金もお渡ししましたよね」

「知らんわ、そんなもん。言うたやろ。わしの土地は、一族から預かっとるだけなんや。わしのもんと違う。名義やなんや知らんけど、自分の判断で勝手に売ったりできるもんと違うのや」

「曽山さんに代金を渡したと言ったが、銀行口座なんか持ってないはずだ。どういうことか聞かせてもらおうか」

長がウイングチェアの上で腕組みし、奥殿を睨む。回答次第では、ただではおかないという気迫だが、奥殿は覚悟を決めたのか、平然と顎を上げた。

「口座をお持ちでないと聞きましたから、現金をお渡しして領収書に印鑑とサインをいただきましたよ」

「仲介した不動産業者はいないの？」

容子が口を出すと、奥殿はさも馬鹿にしたように鼻の上に皺を寄せた。

「山林の相場を知らないんですか？　曽山さんの土地の面積では、手数料が子どもの小遣いくらいにしかならないので、不動産業者になんか頼めません。個人間の売買です」

「なら、あなたが購入した証拠を出すしかないってことだね。領収書はどこにあるの」

立ち上がった奥殿が、階段を上がっていく。

「あのう――」

奥殿が消えると少し気分がほぐれたのか、府中から付き添ってくれたという医師が、遠慮がちに口を開いた。

「曽山さんが四日前に土地の売買契約書にハンコを押したということですが、三日前に搬送されてきた時の状態を見る限り、とてもそんな判断ができる状況ではなかったと思いますよ。肝臓の状態が悪化して、すでに朦朧《もうろう》としていたはずです。それに、どうも何かの薬物の影響を受けていたようでした。会話するだけでも怪しかったでしょうね」

——なんということ。

史奈は、コテージに集まった十條親子や、〈梟〉のツキたちの体温が、怒りでじわりと上がるのを感じた。つまり奥殿は、まともな思考もできない状態の曽山老に、本人がいったん断った土地の売買を強引に実行させたのだ。

しかも、薬物を与えていた可能性すらあるという。

史奈は気になることがあり、医師に向き直った。

「先生、わざわざ東京からここまで曽山さんに付き添ってくださって、感謝しています。お伺いしたいのですが、三日前に曽山さんが搬送されたのは、救急車ですか」

「いいえ。曽山さんのお知り合いが、病院に連れて来られたんですよ」

まだ何か言いたげな医師の様子を感じ、史奈は励ますように頷いた。

「病院長から指示があったんでしょう？」

若い医師が目を丸くする。

「曽山さんの前でこんなお話をするのはどうかと思いますが、搬送されてきた時は状態が悪化していたので、うちの病院で引き受けていいか迷ったんですよ。そうしたら、病院長から引き受けるようにと指示があったんです」

目を糸のように細めた諒一が、「あんにゃろ」と言いながら、指を鳴らした。

「弱ってる人間を、いいように扱いやがったな。そういうの、ぜってー許せねぇな」

和也や武も厳しい表情を浮かべ、同意する。無言の容子も目が怖い。

「お待たせしました。これが領収書です」

二階から戻ってきた奥殿が、小さな紙をテーブルに載せた。山林とはいえ四ヘクタールもある土地の対価としては、あまりに小さな金額が書かれていることにも驚くが、のたくるような弱々しいひらがなで、どうにか「そやま」と読めるサインが、史奈の静かな怒りを増幅させた。

朦朧としていた曽山老に、どう言いくるめてこれを書かせたのだろう。想像しただけで、胸のうちが煮えくり返る。

容子は、黙って領収書を写真におさめた。

領収書を見せたとたん、その場が静まりかえったことを何と考えたのか、奥殿は勝ち誇った様子で微笑した。

「おわかりですね。この土地は、もう曽山さんのものではありません。もちろん、あなたがたのものでもない」

「奥殿」

〈狗〉の長が、ひんやりした低い声で呼んだ。

「おまえは何か勘違いしているな。わしらが土地に執着しているとでも思っているのか。いざとなったら、あんな山奥のちっぽけな土地などくれてやる」

何か言おうとした奥殿をさえぎり、長が続けた。

「だがな。一族の誇りにかけて、仲間を見捨てることはない。仲間を騙したり、搾取したりする奴には、必ずわしらを敵に回したことを後悔させる」

「もう、曽山さんと横坂、ふたりも巻き込まれているからな。あんた、われわれから逃げられると思うなよ」

それまで聞き役に徹していた彰が言うと、奥殿は鼻白んだように唇を歪めた。

「私はビジネスの話をしているんですよ。そんな感情的なことを言われても」

「ビジネスねえ」

容子がくすくす笑いだした。

「よく言うよ、って感じだけど。これから弁護士を立てて売買契約の有効性を争うことになる。だけど、あんたがどんなに頑張っても、この件は天蓮リゾートが折れることになると思うよ。あっちは人気商売だ。たった四ヘクタールの山林のために、社名やブランドに傷がつくことを恐れるだろうからね」

奥殿がむっとした様子で口を閉じる。容子の言葉が痛いところを突いたのだろう。奥殿自身は怖いものなどないかもしれないが、天蓮リゾートは上場企業だ。天蓮リゾートが直接、あの土地を買ったのは奥殿からだが、その裏でこんな詐欺まがいの搾取が起きていたと報道されれば、会社がこうむるイメージダウンは決して小さくないだろう。

「奥殿さん」

史奈も声をかけた。

「曽山さんを見つけた時点で、この勝負は私たちの勝ちです。天蓮リゾート社と、よく話し合ってください。それに」

ちらりと、〈ツキ〉たちと諒一に視線を送る。史奈を励ますように容子が頷いた。

「私たち〈梟〉は、この件で〈狗〉の一族に協力します。彼らを敵に回すということは、私たちも敵に回すということだと思ってください。——そうだよね？」

〈ツキ〉たちを振り返る。

「あったりまえだ！」

「もちろんです」

「異議ないわ、史ちゃん」

「あ——お、俺も異議なし」

それぞれの〈ツキ〉が、なぜか諒一まで、憤然として首を縦に振っている。

「それじゃ、引き上げましょうか。——奥殿さん」

険悪な表情の奥殿に、史奈はあらためて向き直り、視線を据えた。

「これ以上、彼らや私たちの一族に手を出すつもりなら、覚悟してください」

心の中では苦無を握り、奥殿の喉に突きつけているつもりだった。それは、奥殿にも伝わっただろう。

「――怖いね、まったく」

苦笑いで余裕を示したつもりのようだが、無意識に一歩後じさったのが、奥殿の本心を表わしていただろう。

もう、ここに用はない。曽山老の車椅子は武が押し、奥殿を残して全員が外に出た。知らぬ間とはいえ自分がしでかしたらしい不始末に、がっくり気落ちしている曽山老を、〈狗〉の長が慰めている。彼ら一族の結束も想像以上に固いのだと、見ていて思った。

「ところで、和也さん。よく曽山さんを見つけられましたね。それに、先生をここまで連れてきてくれて助かった」

史奈は和也たちを見やった。

「うん、それは――」

医師が、目をキラキラさせて振り向いた。

「僕は夜勤明けだったんです。曽山さんを自宅がある京都まで搬送しようと相談しておられるのが聞こえたんですが、いくら回復したとは言っても、医師や看護師の付き添いなしでは感心できなくて」

「俺のフェラーリに乗せるからって約束したんだよ！」

諒一が鼻息荒く、横から口を挟む。

「先生、東京に戻ったら、フェラーリ乗ろうぜ！」

「はい、僕もいつか、フェラーリかランボルギーニに乗りたいと思ってるんですよ。ぜひ乗せてください」

にこにこしながらふたりが車談議に突入するのを、呆れたように容子が見ている。

「――史奈さん」

気がつくと、そばに彰が立っていた。

「今回のことでは、本当に――〈梟〉の世話になった」

「そんな。お互いさまです」

「さっきは君たちが、僕らに協力すると言ってくれたが、今後もし君たちに何かあれば、〈狗〉も協力する。覚えておいてほしい」

史奈は頷いたが、まだこれですべてが片づいたわけではない。天蓮リゾート社は、事情がわかればトラブルを避けようとするだろうが、奥殿がかんたんに諦めるかどうかはわからない。曽山老が土地を取り返して、ようやく一件落着なのだ。曽山老の健康も、今は小康状態だが、肝臓の状態がかなり良くないそうなので心配だ。

それに、横坂は婚約者の由衣を無事に取り返したが、奥殿と通じていたことが一族に知られたことで、里にはいづらいかもしれない。奥殿の仕返しも不安だろうし、丹後を離れて新しい生活を始めるべきかもしれない。

どれもこれも、彰たちがいちばん理解していることだろうが——。

「十條さん。奥殿は、〈狗〉の里にある隠し墓をあばいて骨を持ってこいと、横坂さんに命じたそうです。そっちのほうは心配ないですか。いったい誰のお墓なんですか」

「それは——」

彰が、ひとり離れて佇《たたず》む女性に視線を送った。どこか、彰に似ている。

「あの人、まさか」

〈狗〉は女性を里に置かない。妻を持たず、子どもが生まれれば男の子だけを里に連れ帰り、女の子は養子に出したり、間引いたりする。そう、言っていた。

「あれは僕の姉の優花さん。父親は違うそうですがね」

——では、隠し墓にいるのは。

「奥殿は、僕の母の骨を掘り出して、犯罪の証拠だと警察を呼ぶつもりだったらしい」

「そんなひどい——」

「咲子のことなら心配いらない」

長が、彰の肩に手をかけた。彼は、この数日で少し印象が変わったように史奈には見えた。奥殿に対するときは骨の硬さを感じたが、息子に対する態度が柔らかくなった。

「事故で亡くなったのだし、別に犯罪でもない。遺骨も、みんなが考えているところにはない」

「どういうことだ」

「咲子の遺骨は、砕いて海に撒いたんだ。それがあいつの望みだったからな。埋めろと言ったのはおまえの祖父だが、実際に埋めたのは、動物の骨だよ。豚とかな」

「どうしてそんなことを？」

呆れたように彰が尋ねると、長は一瞬、遠い目をして苦笑した。

「――そうだな。わしも当時は反抗心に満ちていたから、かな」

「それなら、僕らが奥殿の脅迫に屈する理由なんか、なかったんですね」

「まあ――そういうことだ」

そう言いながら、長の視線は彰の姉だという女性に向けられている。視線を感じた女性が振り向くと、長は困ったように頭を掻き、視線を逸らした。

「そろそろ帰るぞ、彰」

「僕は、優花さんと話して帰ります。初めて会う姉さんですからね」

「ふん。好きにしろ」

長はそのまま、杉尾が運転席に座るバンに歩いて行った。

「よう、〈梟〉の。今回はマジで助かったわ。ありがとうな」

車内にいないと思ったら、森山は容子のそばにいた。あいかわらず軽薄そうな態度で、ジーンズのポケットに両手の親指を突っ込み、肩を怒らせて揺すっている。

「奥殿との話は、盗聴器があったから俺らも聞いてた。俺が中におったら、間違いなくあいつの喉首に嚙みつくところやったな。おらんで良かったわ」

「それはまた、正直ね」

容子が、からかっているのか褒めているのか、わからないような言い方をした。

「それでな――それで俺は」

森山が一瞬、言いよどみ、曇り空を仰いだ。そのままじっと天を見つめ、やがてひょいと肩をすくめた。

「――まあ、ええわ。またな。そのうちまた、東京に行くこともあるやろから」

くるりと背を向け、右手を上げて「あばよ」とでも言うように振った。

「森山」

容子が彼の背中に声をかけた。森山の背中がこわばる。

「私はこれからアテナ陸上に入って、世界を目指す。だから、しばらく子どもを産むつもりはない。それでもあんた、待てる?」

見なくても史奈にはわかる。容子はあの、きっぱりとした涼しい目で、森山疾風を見つめている。長距離を走るときも、山中で鍛錬するときも、容子の目はまっすぐで涼やかだ。強くて、はるか遠くを見るまなざしだ。

戸惑うように、森山が振り返る。

「――それは、なにか。なんちゅうか、その」

森山が――あの森山が――自信など皆無の、頼りなさげに見える目つきで、茫然と容子を見つめた。

「――ほんまにええんか？　俺で」

容子がにやりと笑うと、歓声をあげて子犬のように森山が彼女に飛びついた。

26

荷物は少ない。

大きめのボストンバッグひとつと、段ボール箱がひとつだけだ。

史奈は、この二か月ほど住んでいたマンションの中を見回した。

もともと、あまり長居をするつもりはなかったので、わずかな衣類と日用品しかない部屋だった。眠らない〈梟〉には、寝具も必要ない。

――教授に送った水の、検査結果がすべて出た。

（残念だが、どの水も里の井戸とは成分が異なっていた。ひょっとすると、昔はどれかに必要な成分が含まれていたのかもしれないが）

申し訳なさそうに教授が言っていた。だが、その結果も史奈は予想していた。

一族が多賀の里に落ち着いたのは、あの井戸から必要な成分を含む水が汲めたからだ。ということは、それまで一族が移動を続けたのは、必要な水が見つからなかったか、水が失われたかのどちらかだと考えたほうが自然だ。

そして、籠神社に伝わる「水の種」の伝説こそ、〈梟〉の一族が必要とする水を示しているのではないかとも考えている。

（次は、伊勢に行ってみます）

史奈は教授にそう告げた。

神々が住む高天原から持ってこられた「水の種」は、いったん高千穂に遷され、籠神社に遷された後は、伊勢に行ったという。それなら現在は伊勢にあるはずだ。

（わかった。――篠田君のことは、引き続き調べているよ。まだ居場所につながる手がかりは見つからないが、何かわかれば必ず連絡する）

教授には何の責任もないのだが、それについても申し訳なさそうにしていた。

――篠田さん、どこにいるの。

いったん東京に戻って、自分自身で探すことも考えた。思いとどまったのは、篠田が最後に告げた言葉を思い出したからだ。

（俺は、このまま姿を消さなくてはならない）

篠田には、行方をくらまさなければならない事情があるらしい。どういう事情なのかはわからない。だが、無理に彼を捜せば、かえって迷惑をかける恐れもある。縁があるなら、必ずまた会える。篠田はきっと、何かの片をつけに行ったのだ。今はそう信じて、篠田が自分から姿を現す日を待つと決めた。

思ったより研究がはかどり、次の場所に行かねばならなくなったと報告し、道の駅のアルバイトも辞めると伝えると、湯村さんや永井さんたちはとても残念がってくれた。

（榊さん、せっかく仕事に慣れたのにね）

（年末、良かったらまた来て手伝ってよ）

居心地のいい職場だった。名残りを惜しみ、売り場で販売している煮卵を買って帰った。杉尾の養鶏場の工場で作っている、パックに杉尾の写真が入ったものだ。美味しいと評判だそうで、ほぼ毎日売り切れていた。

「――みんな、頑張ってるなあ」

ふと、ひとりごとが漏れる。

容子や和也、武たち〈ツキ〉と諒一は、あれからすぐに、府中の医師を連れて東京に戻っていった。諒一は欧州遠征から戻ってすぐ丹後に来てくれたそうだし、容子と武はまだ卒業論文の審査が残っており、和也は研究の続きがある。みんな多忙なのだ。

〈狗〉たちは曽山老を与謝野町の病院に入院させ、交代で見舞いに行っているそうだ。また奥殿が悪事を企まないとも限らないから、用心していると十條が言っていた。

天蓮リゾート社は、史奈たちが予想したとおり、曽山老の土地を返してくれた。もし天蓮リゾート社が返却に応じないようなら、雑誌社や新聞社に詳細を書き送り、SNSなども駆使して告発する準備を進めていた容子は、むしろ残念がっていた。天蓮リゾートは、しごくまっとうな判断をしたということだ。

十條彰は、しばらく〈狗〉の里にとどまるそうだ。今回の事件で、里は動揺している。一族はこれから変わるだろうし、変えていかなければならない。その現場に立ち会い、落ち着いたらまた東京で研究生活に戻りたいと言っていた。もちろん、教授もそれを歓迎している。

さて——そろそろ出ようか。

伊勢ではしばらく、民泊を予約している。そこを拠点に、水を調査するつもりだ。

マンションの廊下に出て鍵をかけ、少しためらったが、隣の美夏の部屋のインターフォンを押してみた。

——留守かな。

しんと静まりかえる部屋の郵便受けに、あらかじめ書いておいた短い手紙と鍵を入れた封筒を押し込む。部屋を貸してもらい、アルバイトを紹介してもらったお礼と、この二か月、仲良くしてくれたことへの感謝の言葉だ。

榊恭治を名乗った男からの指示だったとはいえ、美夏の態度のすべてが偽物だったとは思わない。彼女は他人に親切で、朗らかな人なのだろう。本当に古代史や古典が大好きで、神話に出てくる女神様を自分の知り合いみたいに身近に感じているのだろう。

あの何もかもが偽りだったはずがない。

──次に会うときは、ＩＵ教団や榊恭治など何の関係もない場所で、ゆっくり歴史の話をしたいね。

「またどこかで」

手紙の最後はそう結んだ。

小さくため息をつき、マンションを出て車にささやかな荷物を積み込む。

中古で手に入れたハイブリッド車は、今も元気に走っている。伊勢でも活躍してくれるとありがたい。

運転席に乗り込みシートベルトを締めたとき、助手席に置いた鞄の中で、スマホが鳴りだした。画面を見たが、未登録の番号だ。

「──はい」

いぶかしみながら、通話に出る。

『史奈、わたしだ』

老いてはいるが、朗々と響く豊かな声が聞こえた。あの男だ。榊恭治――史奈の祖父だと名乗った男。

なぜ電話番号を知っているのかと一瞬考えたが、美夏と彼が通じているのなら当然だ。美夏から聞いたのだろう。

史奈は車窓からマンションを振り返った。美夏は部屋にいたのだろうか。手紙を読んで、史奈が立ち去ろうとしていることを榊恭治に知らせたのかもしれない。

『丹後では迷惑をかけたようだね。居心地よく過ごせるようにしたかったのだが――』

「奥殿さんは、あなたの知人ですね」

恭治は小さく笑った。

『天蓮リゾートは、奥殿君の会社との契約を打ち切るそうだ。彼らはずっと前から奥殿君を切りたがっていたから、しかたがない。それでめげるような奥殿君でもないしね。人に嫌われるのは勲章だと思う男だからね』

契約とは、ホテルに美術品を納入する仕事のことだろうか。天蓮リゾートの首脳陣も、奥殿の危うさに気づいたのかもしれない。

「奥殿さんは、蛇の一族か何かでしょうか。一般の人とも違うものを感じましたが」

『蛇の一族なんてものはいないよ、史奈。奥殿君は、ただの邪悪だ』

「――邪悪」

『人間のなかには、信じられないほど邪悪な者がいる。奥殿君もそのひとりなんだよ』

奥殿を邪悪の権化と決めつけた恭治は、ひそやかに笑った。

『早く東京に戻っておいで、史奈。今度こそ、ゆっくり積もる話をしよう。君に教えたいことが山ほどある』

たしかに、今回の事件を機に、史奈もこの男とじっくり話をしなければならないとは考えていた。ＩＵ教団からは、〈梟〉の影響を強く感じる。ＩＵ教団について考えると、なぜか胸が騒ぐのだ。

「まだしばらく東京には戻れませんが、戻ってあなたに会おうと思ったら、ＩＵ教団本部に行けばいいですか」

さらっと榊恭治と教団の関係に気づいていることを知らせると、彼は楽しげに笑った。

『さすがだね。さすが〈梟〉の〈ツキ〉。君たちの優秀さには惚れ惚れする』

その賛辞には、まるで彼自身が優秀だと言っているような響きが感じられた。

――この男は、きっと本物の祖父だ。

これといった理由や証拠があるわけではない。だが、いまや史奈は確信を持っていた。

背すじが悪寒でざわざわする。

『東京で会おう。待っているよ』

かかってきたのと同じ唐突さで、通話が切れた。史奈はしばしスマホを握り締め、無言で、暗い灰色の道路を見つめていた。

雪がちらつきそうな重たい空模様だった。

＊

教団本部は、静謐に満ちている。

智星──俗世での名は片桐智也《かたぎりともや》──は、音もなく廊下を進んでいく。複雑な幾何学模様をタイルで描いたモザイクの床にクリーム色の壁は、彼の身体に馴染んでいた。

「──御師様、失礼いたします」

控室の外から、囁くような声で呼びかけ、室内の様子を御簾ごしに窺った。

御師様は、ほとんどの時間をここで過ごしている。扉のない、開け放しの部屋だ。淡い銀色の輝きを放つ、薄い御簾だけが、かろうじてプライバシーを保っている。

御師様は、誰かとの会話を終えたばかりのようだった。

(東京で会おう。待っているよ)

そう彼が囁くのを聞いて、智星は再び声をかけるのを控えた。

法主様に続く教団のナンバー2である御師様は、教団の運営に貢献する人間を好んで本部に呼び寄せる。智星自身も、徳島から呼ばれたひとりだ。

法主様は若く神々しいが、孤高の存在で幹部ともほとんど接点がない。教団をとりまとめているのは、高齢で教養があり威厳に満ちた御師様だ。高い徳を持ち、信者を丁寧に導くのも御師様だ。智星は御師様に認められたことをこの上なく誇りに感じている。

「あの子は本物の〈梟〉だ」

やはり囁くような御師様の声だった。聞き間違いかと、一瞬思った。

――本物のフクロウ？

御簾の向こうで、御師様がわずかに肩を揺らしている。

どう、なさいましたか。

問いかけたい言葉が、智星の舌に貼りつく。

御師様は肩を震わせ、御簾ごしに見える横顔は――笑っている。まるで世界をその手中におさめ、諸人をその足元にひれ伏させたかのように、声もなく笑っている。

その口の中が、深紅だ。

気がつくと、智星は目を瞠り、こわばった身体でその場に立ちすくんでいた。見てはいけないものを目にしたような、恐れと衝撃で背筋がぞくぞくした。

本書は、「集英社文庫公式ｎｏｔｅ」二〇二五年一月～二月に
配信されたものを加筆・修正したオリジナル文庫です。

本文デザイン／高柳雅人

福田和代の本

怪物

〈死〉の匂いを感じる力を持つ刑事、香西。定年間近の彼は失踪者の足取りを追いかけ、やがてゴミ処理施設の研究者、真崎に行きつく——。正義と悪が織り成す衝撃の結末とは!?

集英社文庫

福田和代の本

緑衣のメトセラ

高級老人ホームに併設された先進的に医療を研究している病院で、特殊なウイルス感染による不審死が発生した。ライターのアキがその闇に迫る……！　長編サイエンスサスペンス。

集英社文庫

福田和代の本

梟の一族

忍者の末裔にして、眠らない特殊体質を持つ〈梟〉の住む里が、一夜にして焼け落ちた。女子高生の史奈は、一族の生存を信じ、また、己のルーツを解き明かすため、独り襲撃者と戦う！

集英社文庫

福田和代の本

梟の胎動

里を失って四年。東京の大学に通う史奈のもとに、ある競技の遺伝子ドーピングに関与した男を探って欲しいと、怪しい依頼が舞い込む。その裏で蠢く黒い影とは？　シリーズ第二巻。

福田和代の本

梟の好敵手

ドーピングを推奨する超アウトロー競技「ハイパー・ウラマ」に出場する史奈たち。対するは、驚異の嗅覚を持つ〈狗〉の一族。究極の忍者バトル、その結末やいかに！　シリーズ第三巻。

集英社文庫

集英社文庫

梟《ふくろう》の咆哮《ほうこう》

2025年2月25日 第1刷

定価はカバーに表示してあります。

著　者　福田和代《ふくだかずよ》

発行者　樋口尚也

発行所　株式会社 集英社

東京都千代田区一ツ橋2-5-10　〒101-8050

電話　【編集部】03-3230-6095

【読者係】03-3230-6080

【販売部】03-3230-6393（書店専用）

印　刷　TOPPAN株式会社

製　本　TOPPAN株式会社

フォーマットデザイン　アリヤマデザインストア　マークデザイン　居山浩二

ISBN978-4-08-744744-6 C0193